扬州市文联文艺创作引导资金项目作品
扬州大学广陵学院“一专一品”专业实践创新项目资助

U0826136

青丝集

刘臻鹏 著

南京出版传媒集团
南京出版社

图书在版编目（CIP）数据

青丝集 / 刘臻鹏著. -- 南京：南京出版社，2024.6

ISBN 978-7-5533-4818-6

Ⅰ. ①青… Ⅱ. ①刘… Ⅲ. ①散文集 – 中国 – 当代 Ⅳ. ①I267

中国国家版本馆CIP数据核字（2024）第108440号

书　　名 青丝集
作　　者 刘臻鹏
出版发行 南京出版传媒集团
南 京 出 版 社
社　　址 南京市玄武区太平门街53号
邮　　编 210016
联系电话 025–83283873、83283864（营销）　025–83112257（编务）

策划统筹 陆　萱
责任编辑 王　娜
装帧设计 石　慧
责任印制 杨福彬

排　　版 南京新华丰制版有限公司
印　　刷 南京工大印务有限公司
开　　本 880 毫米 ×1230 毫米　1/32
印　　张 7.125
字　　数 166 千
版　　次 2024 年 6 月第 1 版
印　　次 2025 年 4 月第 3 次印刷
书　　号 ISBN 978-7-5533-4818-6
定　　价 48.00 元

推荐语

在愈加追求情思锋锐的青年一代作家中，刘臻鹏保有一份难得的古典温情，沉默地书写亲情、故乡与自然。在接续民国以来的乡土自然散文传统之外，又将现代人复杂暧昧的情感寄于对过往物事的追忆与抚摸之中。他的语言温润细致，内中又蕴含一种怅惘，令人思之也满怀愁情。

—— 玄心 ——

我与臻鹏兄年纪相仿，他书写的那些事或物，是我们这代人亲身经历过的，因此读来并不生分。他选择写自己熟知的那部分，大概是怕与陌异的那部分因不在场而造成文字上的相隔。《青丝集》写了逝物、童趣、亲情……手法上多元，句子比现实辽阔，也反映了里下河区域的居民如今的生活状态。臻鹏兄诗心飞扬，常“见物兴感”，文章中有他一片天真的追求，广袤或悠远。

—— 宗昊 ——

臻鹏在我心里是全才，散文、诗歌、小说都能写，且都有自己独特的质感。《青丝集》的文字轻缓，情感含蓄却跃然纸上。他以此刻为起始，回忆逝物，重温年少青涩，而后敞开怀抱拥抱万物，带领读者去到被沉雾蒙蔽的时光里寻游。青丝华发，回首长忆，一幅幅画面被浸泡在年月苦水里，破碎形变，而这正是这本散文集的意义——臻鹏用笔来记录过去的证据。

——赵志远

我一直认为散文应当是真挚而诚恳地表达情感，甚至这种表达还应该带有坦白的成分。臻鹏的散文将视点着力于生养自己的故土，每一篇散文都可以说是对故乡的深情呼唤，既是呼喊往昔的记忆，也是对现有生活的歌咏。值得称赞的是他没有渲染感情，而是以一种轻飘飘的姿态将浓厚的情感稀释在文本中，他本人则置身在文字之外，以客观的视角讲述那座城市的山水。

——范庆奇

刘臻鹏文字的透彻和明晰折射着他的含蓄和内敛。在他的笔下，故乡的风土人情和异乡的所见所闻不过是看待世界的两个角度，在这两方合力中，有些看似没有回答的问题都在他更大的沉默中翻起了水花，关于亲情、关于生活有思想的深度。

——肖佳乐

提及臻鹏，我常向别人介绍他的风格，亲切、真实，有如春日黄花的静谧。生活常如十五日的明月，盈满则亏，跟随时间脚步的我们，某一日回头，往去的人和事物，宛若人间的故园。我们走入其中，从百草园追到三味书屋，却难寻当时的兴趣。路过的人说是知了变了，我们沉思，怀疑是自己变了。这种精神纠缠是长久的，来此人间一遭，亦是必须的，所以不如现在，捧起这部书，在江南的烟雨中，痛快地感受一位青年的呼吸。

他的笔下，有春夏的烟雨，也有秋冬的寒霜，而这些，都需要你一同来饱览。

——李天奇——

诚然，以文立言立行，寻溯人生踪迹和精神归处是一个深邃的方向。臻鹏的散文出自江南，如同睡莲，逝物环抱，但又可见根柢，正是青葱，却又透出生命的纯粹和充实。随感之处，皆是生活，草木风物，别样生姿，他还未限定在完全的框架里，随时能够以文字和思想实现自己的表达，深情、调和、独特，将一汩活水永远地贯彻在生命的文字间。

——谢思传——

读臻鹏的散文，最深的印象便是其在文字中显露出来的少年意气，谦逊、温和，又适当地带着一些锋芒。他也写怀旧，也写故土，也写熟稔的亲人与事物，但所有的描写都并不衰朽，而是和自己的成长密切地联系起来，把那些难以忘怀的岁月点滴化作自己完善精神世界的力量。我看见他写下的一幕幕正在某个时代、某片土地发生，也看见一个小男孩如何蜕变并开始理解俗世，蕴藏在那些微小温馨中的闪光正是澎湃的真实性和时代性。我相信读到这本散文集的读者也会被臻鹏淡雅而诚恳的语言风格打动，并从中获得关于如何实现诗意生活、寻找日常美好的启迪。

——灰一——

散文的书写需要朴素的勇气与真挚的心灵，刘臻鹏的文字着力于记忆中自己所看到的逝物，这些逝物内敛的外表下，隐藏着他对成长、对世界的无限思考。读臻鹏的文字，需屏住呼吸，沉默之后，才能感受他细致的语言之下隐藏的深刻哲思。假以时日，他必将建起一座通向文学新维度的桥梁。

——盈余——

臻鹏的散文写他的故乡，他像一只缱绻在故乡阳光下的小猫，惬意地伸着懒腰，他是他的故乡孕育出的孩子，眷恋着那里的人和事。他此前发表在《青春》上的一篇散文令我印象深刻，他的行文已经非常成熟，已没有年轻写作者的“稚气”，其中一篇文章结尾处写道，“我怕鱼儿从河水里翻出来打个滚儿，咕咚一声，我的泪水就会夺眶而出”，令我非常感动。他这个恰到好处、欲言又止的结尾，使人读完为之一振，不得不感叹他写作水平的高超。

——范圣艳——

写作是一种自我发现

刘臻鹏同学是扬州大学广陵学院汉语言文学专业2020级学生。收在这本文集中的散文是他几年来写作的成果，呈现的是他对故乡、亲情、友情的观察和感受。故乡是生养的土地，亲情是成长的养料，友情是一季一季的花朵。每一篇文章都好似一双眼睛，在静静地注视着生命的发芽、成长和开花。刘臻鹏同学用一种从容、温暖的笔调抒写着他自己人生的每一步、每一脚、每一个瞬间、每一滴感动。眼光清澈，神情自然，笔调朴素。有些文字或稚拙，但都让人感动。

汉语言文学专业有三大支柱：文学、语言和写作。学生通过文学史、文学作品学习语言、文化，感受作品中所蕴含的思想，建立起观察和思考现实世界的人文平台：敬畏之心、慈爱之情和悲悯之怀。文学是载体，语言是工具，这两者都需要学习、吸收和内化。写作则是将学习的文学和语言进行外化的一个过程。一篇文章，显示的是作者的语言使用水平，汉语言文学专业知识的掌握、理解和运用水平。写作是检验汉语言文学专业学生专业水平的最重要途径。

扬州大学广陵学院汉语言文学专业在课程设置中，除了文学、语言和写作等专业基础课和专业主干课程外，还设置了“课外写作训练”这一门实践训练课程，每学年一个学期，一共三个学期，基本按照叙事、说理的顺序安排。要求学生每周完成一篇自由作文，不限体裁，不限字数，不限内容，想写什么就写什么。当然也要求尽量围绕一个主题，比如故乡、人物、时事新闻评论、文学评论等进行写作。通常一个学期下来会有十四五篇，总字数至少需要达到一万五千字。结束的时候会要求学生将自己的习作按照一定顺序排列，加一个封面，取一个文集名，列一个目录，更重要的是写一个序言或者跋，对自己的习作作一个总结。优秀的文章整合成集，汇成优秀作品集以正式出版。

学生的这些习作虽然不少还显稚嫩，但很多习作确实有特点和优点。文章的字里行间，青春时期的成长痛楚和忧伤，青春的梦想和爱，不羁的眼光和思绪，年轻的好奇和探索，都纯粹如丝、干净澄澈，或如秋日阳光之通透，或如大地雪峰之简峭。文字或稚拙，或老练，或畅达，皆流动而美丽，如清晨荷叶之露珠，点点闪光而流盼。文字中流淌的是年轻的眼神、心境和思绪。

“基础写作”是汉语言文学专业的一门专业基础课。“基础写作”的教学除了将中学学过的写作理论系统化、理论化之外，更重要的是打破学生既有的应试写作的框范，发现学生的写作特点和写作优点，建立和树立新的写作理念，鼓励学生大胆写作、独立写作，培养学生的写作个性。

从学生主体的角度看，学生写作水平的提高主要是学生写出来的，而不是老师教出来的。老师的教是一种引导、一种调拨、一种启发、一种发现、一种鼓励和一种承认。在这样的一种教学过程中，学生会渐渐明白什么是好文章，什么是不好的文章；怎样的结构设计和语言表达才是好文章；好文章应该有什么样的视野、思维高度和境界；自己的文章应该进行怎样的处理才能达到这样的要求，写得更好。

“基础写作”的另一重要任务是督促学生阅读优秀的经典文本，特别是精读优秀的文章。在今天这个碎片化、图像化和平面化的阅读时代，经典作品的完整性阅读和深阅读越来越显示出价值。经典文本的完整阅读和深阅读对于拓宽思路、开阔眼界、启发思考、提升境界有极大的作用。尤其是精读，只有精读才能真正汲取到写作的营养。散文也好，小说也好，学生应该选择自己喜欢的一类文体，或者一个作家，或者一个作家的一篇或一部分作品进行反复地阅读。回到经典文本是今天这个读图时代强化语言修养、提高学生写作水平的根本途径，甚至是唯一途径。

汉语言文学专业的学生如果在大学四年中真正能够做到尽量阅读足够多的经典文本，精读某个作家或者某部作品，并能持之以恒地进行不间断的写作练习，则写作水平必然会提高。刘臻鹏同学的写作成果就是一个很好的例子。

这不仅仅是一种期望。

扬州大学广陵学院汉语言文学专业主任　孙永良

2024 年 6 月 9 日

在青春的气息中写作

很久以后，没有一个人会记得我的存在，也没有一件事会被当作发生过，除非，我把它们用不朽的文字记录下来。

散文最大的特点就是延展性与非虚构，因而构思起来略有难度，是一种对日常的打捞和对生活的裁剪。朋友，如果你觉得没什么文章可作，那么首先祝贺你，你的生活四平八稳。另外，我又略感有些遗憾——每天都和按下复制键和粘贴键一样，轻描淡写就过去了。

本散文集里的文字尚显青涩，素材更是如此。也许若干年后会写得更纯熟，却未必能写出其中况味。年少的题材，也许正适合“青”这个颜色，不宜过多涂抹。

辑三，我将镜头对准校园这个素材。我在完成这本散文集的整合的时候，是大四应届毕业生，面临最终毕业。到那一时间节点为止，我的大部分身份都是学生，自然有物可写。学校能深挖的故事和人物很多，那些过往都很鲜活。

辑五是一些随感。有时思考太多太深，对于随性生活而言并非一件好事，敏感易引起不安，但真正的感悟能让人更加通透。也许，我尚未突破这层面纱，或者面纱中早已夹杂了生活的真相。

有时肉身陷入桎梏，思绪却飞扬、悬浮，是一篇篇散文给了它们立身之所。这些记忆在文字里拔节生长，枝繁叶茂，结成一个又一个青苹果似的酸甜又青涩的果实。

在这里，特别鸣谢扬州市文联的扶持和扬州大学广陵学院的资助，也感谢孙永良老师对我写作和出版事宜的关心和帮助。

世界大到向圆外蔓延，人群太吵，安静时忽而顿感不安，陪我来书里躲躲。

刘臻鹏

2024年3月12日

目　录

辑一

千分之一的故乡

逝物录

土灶

故乡村庄，是一个童谣般的存在。简单，纯粹，遥远。

这里有许多庞杂的事物，很难用某个形容词一以概之，如果有，那么必然是“老旧”。那些老旧的事物啊，随着四季变换、环境更迭，正在不断消逝，像是半截身子淹没在潮水里。

比如土灶。在很久以前，还不是家家户户都有煤气罐子，但每家几乎都有一个土灶房。下面是炉灶，里面可以焚烧一些废弃秸秆，上面则是大铁锅，烧菜用的。

我小的时候，烧菜自是不会的，就连坐在炉灶面前生火，父母也是不同意的，说小孩子搞这些东西，太危险了。爷爷奶奶却坚持称：“你们忘记了吗？你们像他这么大的时候，别说生个火了，让你们下水抓鱼不也是说去就去？”接着就要锻炼我的生火技术。

一个大型铁钳子，可以用来夹住秸秆，还可以在火焰上拍打，达到灭火的效果，然而，我最记忆犹新的，莫过于生火前用它来驱赶猫。平时，尤其是冬天的时候，猫喜欢躲在炉灶里面睡觉，因为那里隐蔽、暖和。每当生火前，奶奶总要拿着铁钳子在炉灶里左右晃一圈，把猫赶出来，确定里面没猫了，才能生火。

这生火，听着简单，但比用煤气灶生火要复杂许多，尤其是新手生火，那必然是手忙脚乱的。首先，往炉灶里放一小堆秸秆，接着，手里攥上两三根秸秆，用打火机点着其中一端，待到火苗冒出来，再放到炉灶里的秸秆堆上。这时，就可以用手拉旁边的风箱了。拉风箱不能用力过猛，否则火一受到强风的“惊吓”，一下子就灭掉了；拉的力气太小也不行，起不到助力火势的效果。一旦发现炉灶里的秸秆快烧完了，就要从左手边的秸秆堆里再掏出几根，往炉灶里添加。

我在炉灶这边添柴、拉风箱、生火，而奶奶则在大铁锅前面站着，噼里啪啦地一顿操作，趁着火传输过去的热能将一碗碗饭菜做好，香气也随之氤氲、散开。而烟囱处，炊烟袅袅蒸腾，上达天际。

那是一段火红的记忆，与火光有关。以至于后来，奶奶因病永远地离开了我们，每逢清明悼念奶奶时，我的心头都会泛起一阵潮湿。奶奶在农村里懂得的知识不多，却把一切生存必备的实用技能都手把手地教给了我；奶奶不爱多说话，有时一个眼神却包含了千言万语；她一生都在这一方农村土地上生活，几乎没出去过，却供养父亲和我走出了村落，走向了城市。当我们在城市扎根、开花，不疑离她渐行渐远，她即便落寞，却也会为儿孙们拥有更加精彩的生活而喜悦、欣慰。

奶奶啊，看到这一团热烈的火焰，我就想起了我俩在土灶前“并肩作战”的日子，那时由于有了自己的劳动参与，吃饭的时候，胃口真的特别香。奶奶，我怀念土灶，更追忆您。

祭扫时，在火光的掩映中，我们一家三口的侧脸不断速写。在反复的缄默之中，我们对奶奶的思念也达到了极点，但我们不得不在火光消逝之后回头，带着奶奶的经验和祝福，继续奔向新的日子。

手电筒

土灶是正在逐渐消失的事物之一。另外还有一个物件，也正在逐渐淡出人们的视野，那就是手电筒。

小时候，一到夜晚降临，村里便全黑了，完全摸不着光亮，大把大把的漆黑色如同海洋般淹没了整片村庄。能看见的唯一亮着的东西，是天上的月亮，以及那稀薄的月色。夜色浓稠，将村庄里的全部东西都用漆黑的厚厚一层布包裹了起来。

即便你想要去开灯，那也未必能准确摸得到灯的开关在哪儿，更何况有时还需要走很长一段路如厕。这时，在这黑夜之中唯一能抓住的救命稻草，就是手电筒。它好像黑夜里的一双眼睛，所照之处通通亮堂堂的。

爷爷奶奶叮嘱我们，用手电筒照明，最需要照的就是前方的脚下。因为村庄里台阶、门槛、小坑多，一不留神就可能摔跟头，所以照明，要先照脚下，再照前方。其实啊，这和做人是一个道理，偶尔仰望一会儿星空，而最重要的，还是要脚踏实地走好当下的路，避免行差走错。

犹记得某次，我在外贪玩，随着夜色渐浓，竟也忘记了回家的路，愣在原地不敢乱动。远处几声刺耳的犬吠令我瑟瑟发抖，伴随着一阵长时间的心悸与无措，如寂的夜色像一片潮水，几乎快要将我淹没。终于，一束手电筒的光照了过来，打在了我的脸上，原来是爷爷奶奶寻到我了。那束光刺眼而温暖，那束光背后爷爷奶奶那焦急到婆娑的泪眼，我至今记得。从那以后，我不再乱走。

而终究，随着村庄的路边装起来越来越多的路灯，家家户户基本上每个房间也都装起了便捷高效的电灯，手电筒自然而然也就慢慢被时代的车轮甩到后面去了。二十岁以后，我能够自如辨别回家的路，也有了足够的勇气，但我依然会在某个夜晚，手持手电筒，前往村庄里一些较黑的地方。我手持手电筒，就好像矿工头顶着特别亮的探照灯，身上涌动着一股子探险的劲儿，找一找儿时还依赖于手电筒的感觉。

我向上照，是半轮月亮，弯成了一个月牙儿，那么清澈，那么圣洁；我又向下照，是村子里的羊肠小道，石子们无言，已然休憩了，它们在等待明天日出，调皮的少年们将它们丢向河面，形成“水上飞”；我向着前方照，是鸟窝、小桥以及河流……手电筒俨然成了一位叙事者，将记忆深处组成村庄的种种事物，一件一件搬到了我的眼前，它们仿佛在舞台的聚光灯下闪耀。这与四周如同海水般的黑暗夜色构成了鲜明的对比。

我向后方照，唔，是回家的路。

莫要再打扰安睡中的村庄，我该带着我的手电筒，回家去。

草皇冠

我曾阅读过袁伟兄的诗集《草戒指》，里面有着大地的朴素味道和农田气息。我自是不曾在现实生活中见过草戒指的，却见过草皇冠。小的时候，我和村子里的女娃娃们也玩得来，当时年龄尚小，便也不存在因为性别而产生隔阂。女娃们心灵手巧，一学就会，不编草戒指，因为她们深知戒指是大人们用的东西，而是编制草皇冠。

根据她们的说法，首先，得先找来两根长长的枝条，然后，边缠绕边搓合着使其交织在一起，接着，让枝条上面凹凸不平的地方严丝合缝地组合在一起，最后在尾处用力一拧，草皇冠便形成了。

那些女娃们，各自将编制好的草皇冠戴在头顶，昂首阔步地走着，好像一排皇家侍卫队的女将们。其实，她们编制草皇冠的手艺，只有少数人是无师自通的，而绝大多数都是从村子里一个编制手工艺品的阿婆那儿学来的。那阿婆的手可巧了，管它什么长度、什么质地的枝条草叶，到了她的手里，她都能快速编制一个手工艺品出来，比如草蟋蟀、草兔子、草灯笼等。用阿婆的话说，草皇冠只是皮毛而已。

阿婆对孩子们最大的建议，就是不要为了编制草皇冠，而将那些草儿枝条连根拔起，那样对大地过于残忍，编出来也是不光彩的。她鼓励孩子们从地上捡那些刚掉下来的枝条，或是将那些明显已经摇摇欲坠的枝条抽下来。那些枝条不仅柔软，很难对皮肤造成损伤，关键是不会因为折断它们而破坏村庄的绿色生态。

我们这些男孩子，原本是对草皇冠不大感兴趣的，即便捡到了枝条，也只是攥在手里，或是驱赶大野狗，或是对着地面上的沙土一阵“鞭打”，留下属于自己的记号。听了阿婆的建议之后，我们更加不会从树上直接折枝条了。那些树，那些草，就像我们和阿婆朝夕相处的朋友一样。也是这个原因，我们极度盼望下雨，因为一下雨，地上就会多出来许多枝条供我们把玩，或是编制草皇冠。每当雨天过后，村庄里的草木像是吸饱了水分一样，蓬勃生长，焕发着绿油油的生机。鹅黄浅嫩、青绿碧黛，各种层次的绿渲染、晕开。

某次，我们男孩子也学那些女孩们的样子，自己动手编制了草皇冠，才发现这个过程的不易。最难的一点在于如何将两个枝条上凹凸不平的部分巧妙重合在一起，这需要妙手，也需要缘分。有的枝条如果天生不配对，那是怎么努力也做不到的。做一顶草皇冠，往头上一戴，高举着一个树枝，感觉自己像极了一个卫士。却不承想，行走时一个不小心，我头上的草皇冠被路边的树枝勾掉在了地上。阿婆看见了，却说："从树上来，又还于树。你小子，是有缘人。"

现在，大家已经越来越少接触到草皇冠了，而我愿意作下此文，让更多人能够重温我们当时的童趣与天真。

一个人的迁徙

随川出，望山归

那个年代，村子里的人，尤其是山村的，都有一种情结：走出去。

这走出来分三种：第一种，通过高考考上大学，在城市里工作成家，是谓“考出去”；第二种，没有文凭，硬“闯”城镇，打拼出一片天地，是谓“闯出去”；第三种，既没考上，也没打拼好的，在城市里这么“既来之，则安之”，是谓“混出去”。

小时候，常看《动物世界》，草原上的一些猛兽在幼崽们成年后便会抛弃它们，让它们独自生活。村落里，长辈们也会把已经二三十岁的后辈往村外赶，认为总待在村子里就像井底之蛙。出去，总能见见世面、体验繁华。

我的父亲是一个自觉性很强的人，对待学习有一种不鞭策自奋进的要强，为的就是做上文中提到的第一种人。爷爷奶奶家庭条件不算优渥，鸡也是留着下蛋生小鸡用的，或是拿出去赶集卖给县城里的人，以此来贴补家用。唯一一次杀了一只小公鸡，是在父亲高考前夕，爷爷奶奶破例做了一回红烧小公鸡。

父亲在村子里，学习成绩是一等一的优秀，也是他的父母，即我的爷爷奶奶的希望。爷爷奶奶一辈子住在乡下，文化素质都不高，尚不懂得谦逊的道理，只知道得了第一，便是“秀才”，将来有机会飞黄腾达。在父亲中考考上市里最好的高中的时候，爷爷奶奶那是逢人便说，村子里的人也并没有眼红悍妒的，甚至还有一些人做了一些馅儿饼或者山楂片，来上门道喜。父亲后来更加发奋读书，终于不负大家的殷切期望，考到了扬州大学。放到当今这个时代，这也许算不得一件太值得骄傲的事，不过在那个上大专都值得庆祝的年代，考上这所较好的本科，意味着值得锣鼓喧天、鞭炮齐鸣。这种说法毫不夸张。

我也想当学霸，往更好的地方发展，就问父亲当时坚持学习下去的动力是什么。父亲说，他不想一辈子待在村庄里，因为那时候的乡村不像现在，当时没有太多工作岗位，囿于村子，意味着荒废年岁。

父亲是一个乐观的人，常言道“水往低处流，人往高处走”，在父亲的眼里，家门口的那条大河好像总是在往更远的地方奔腾、延展，川流不息，父亲的心似乎也随着这条河流，流向了诗意远方。

现在，父亲已是某公司的重要一员，也称得上是社会的有用之才，他让家族载满荣光，也实现了属于自己的人生价值。父亲说，他记得爷爷奶奶曾两次止不住地哭，第一次是收到扬州大学的录取通知书时，那是喜极而泣，第二次是父亲背井离乡上大学时，那是不舍的眼泪。那个秋天，奶奶在父亲临行前织了两身毛衣给他，期待用这些衣物抵御他之后会遇到的风霜，给他温暖的慰藉。

父亲进城之后，也没有忘本，而是经常回老家看望爷爷奶奶。爷爷奶奶见父亲回来，总是笑吟吟地迎上来，却改不掉逢人便夸耀自家宝贝儿子的习惯。父亲劝导：“儿女在外，父母不宜将他们的事说给别人听，怕招人嫉妒。”爷爷奶奶这才听说一个词，叫作“低调”。

父亲工作很忙，每次回老家其实都有要紧事急着走，但每次都不好意思将“好了，我们准备离开了”这句话说出口。村口的那座小山好像一座五指山，将父亲压在了村子里。

父亲当然不会被“五指山”压住，他凭借自身的实力走出了村庄，在城市里扎根、开花。

如果说真有一座山压在父亲的心头，想必，那便是他的父母亲。

不倒，不灭

岁月终究无情，它让渴望活下去的人饱受半死不活的痛苦，最终在一半求生一半求死中死去；它让将死之人的亲人们牵肠挂肚，却无能为力。爷爷奶奶在快八十岁的时候相继病逝了。先是爷爷，半年后是奶奶。村庄里流传着一种说法，就是当老夫老妻中的一个去了之后，过了三年，如果另一半还健健康康活着，那么日子还有得过，怕就怕另一半在这三年内也随亡故之人而去，这种事发生的概率极高。

我私下认为，这种说法并不迷信，因为当一个老人承受老伴儿骤然离世的痛苦时，是极有可能扛不住的，即在精神层面上崩溃掉，进而导致身体出现各种问题，最后也随之亡故。而如果挨过了老伴逝世后的前三年，则不会出现什么太大问题，因为时光又会在那道深深的心灵伤疤上轻轻抚慰，添加新肉。奶奶是深爱爷爷的，加之身体本就不好，终究还是随他去了。

爷爷奶奶去世后，老家无人打理，邻居家正好又是父亲的本家亲戚，便安排他帮忙照看着点庭院。无人的庭院，也好打理，清扫清扫落叶、拍打拍打桌凳上的灰尘即可。上次清明节，父母和我回到老家，刚踏足那座老宅，就听见鸡棚里传来鸡们咕咕叫的声音。原来本家亲戚觉得鸡棚荒废在那边，不用也是多余，拆除了又可惜，便用木板和砖头水泥进行了加固，在其中养鸡。

真好。庭院里这一角，由于鸡棚里许多鸡的存在，而变得热闹非凡。鸡急促而怕生的叫声和它们特有的那种泥土般的腥味，甚至包括随风而起的一地鸡毛，都使得角落里生机勃勃，大有“人”丁兴旺之感。我不由得想起有次暴雨倾盆，鸡棚塌了，爷爷奶奶和我一起满院子追着鸡跑的样子。他们二老不愧是老手，一下子鸡就手到擒来了，而我却只能尽驱赶之功，毫无捕获之效。

我回头一看，老宅无言，大门敞开着。里面自是无人，一股遥远的寂静，从屋内向我奔袭而来。唉，原谅我不能再看热闹的鸡棚，那只会徒增我的伤感。那一个角落使我患上的怀乡病发作。你肯定不解，我已在故乡，又谈何怀乡病发作？当然不是这样理解，人去屋空，故乡里和我最亲最亲的两个人已然不再。它再熟悉，也显得陌生。

那个角落似乎被光阴之框锁住、定格，保留着过去的小美好。棚子不倒，我的记忆便也不灭。

引用在书上看到的一句话：“你说记忆是你的所失之物，还是你的所持之物？”是的，我忽然想起这句话。

眼前那一轮落日，圆滚滚地、硕大地压了下来，而父亲和我也到了返回县城的点，我又回头望了望鸡棚里那只害羞到眼神东躲西藏的小公鸡，突然也沉默地垂下了头。

狗三三，鸭四四

古诗有云："春江水暖鸭先知。"这春水里最动人的呀，莫过于在凫水嬉戏的鸭子了。它们不知道是从哪里过来的，在河中畅快地游泳，一会儿加速，在水面上激起一个"V"字形的涟漪，像是有微型木舟划过一样，一会儿又悠然自得地停在岸边，用嘴打理打理自己的羽毛。草叶摇曳，柳枝飘扬，在那一汪碧波里，阳光温柔惬意地照耀在鸭子们的身上，俨然一副生机勃勃的鸭群戏水图，富有乡意与村趣。

鸭子们看着体型不小，在水面上却游刃有余，仿佛孩子们的巧手折叠的一艘艘纸船，轻快柔顺，与春水完美地贴合在一起。它们并不急着奔赴或到达某一目的地，只是破浪而行，或随波逐流，重在享受凫水这样一个惬意的过程。鸭子们成群结伴而行，形成一个和谐优雅的梯队，又会突然散开，三三两两或是单独成行，自成一派从容与自由。

接近中午，阳光越发明亮了。此时的湖面像一面被调高了亮度的镜子，里面的绿色或是来自岸边的草地，或是来自柳树的低语，这些绿好像怕痒痒似的，风一吹，它们便扭动个不停，看着十分俏皮。

蓝天白云也在这面巨大的镜子中，令人竟一时分不清，鸭子们是在水中游，还是在云中戏。

鸭身上的毛被阳光照射，散落着盈盈的金色暖光，和湖水此刻呈现的宝石蓝色相映成趣，就像一块宝蓝色的丝绸上错落镶嵌着一些金珍珠。垂柳触及水面，唤醒沉睡的涟漪。岸边调皮的孩童们想大喊一声，被我和朋友阻止了。这就和人们在书海遨游的时候不希望被打扰一样，鸭子这些生灵，也应当有时光去享受自己凫水的乐趣。这一汪静水，实在不忍打扰，只是静静看着，便很好。

我们何尝不像这水中的鸭，偷得浮生半日闲，并不急着到达哪个目的地，也不急着非要干成什么事，只是在水边驻足，观赏鸭凫水，踱踱步，散散心，便已足够。

鸭又是容易受惊的动物，我们每每路过，都得蹑手蹑脚的，生怕惊到了邻居家放养的鸭子，被大人们揪着耳朵说道。

而鹅这种“农村悍匪”却又截然不同，它们的战斗力虽然不是非常强悍，却又凶又勇，逮到人就扑棱着翅膀追着咬。像我，四五岁的时候，就被一只大鹅追咬过。

只见那庞然大物不知怎么的，发了狂似的，莫名其妙朝我奔过来，照着我的胳膊上就是两嘴，咬得我生疼，我躲避，它却追得更猛，扑棱着翅膀，逮着我又是一顿追咬。万幸，回到家，爷爷帮我出了口气，把它做成了清蒸鹅汤。

老家还养过一条狗，叫“剩儿”。那条狗性格很憨，就算把红烧肉用碗装好，摆在它面前，它也不敢造次，只敢吃主人吃剩下的东西，因而叫作“剩儿”。农村里的狗大抵如此，比不得城市里的品种犬娇贵，好养活。剩儿原先是一条流浪狗，浑身白色，跑到我家里来的时候，爷爷奶奶原本想把它赶走，邻居家大伯说：“狗来富，可别挡财。”这才把它留了下来。

夜半之时，整个村庄都沉寂下来，依稀听得大风吹过树叶的声音和点点虫鸣，偶尔听见邻居家的狗狂吠一阵子，又停下来。自从养了剩儿，剩儿也经常半夜起身，叫上一阵子，再休息。

我在心里犯起了嘀咕：这村子又不是城市，根本不可能有人半夜路过我家门口啊，所以剩儿在叫什么呢？对着空气叫？我的心里止不住一阵毛骨悚然，狗一叫，我浑身汗毛就竖了起来。

爷爷大概看出了我的不解，说：“别瞎琢磨，就算有人，也被剩儿吓跑了。”听了这句话，我顿感有些道理。后来，再听见剩儿叫唤，更多的是心安的感觉。

剩儿大部分时间都被用链子拴得好好的。起初，院子里的鸭不敢靠近，剩儿就跟院子里畜禽中的老大哥一样，叫唤起来嗓门贼大，露出满嘴的尖牙，吓得其他小动物不敢挑衅。后来，一只鸭非常调皮，总是从剩儿面前大摇大摆地走过，保持好和剩儿之间的距离，使得剩儿无法挣脱铁链咬到它。久而久之，这只鸭的胆子越来越大，竟敢在剩儿脸前扑棱几下翅膀，再瞬间飞远。剩儿一开始还气得直叫，到了后来，干脆没脾气地趴在原地不动了。直到某次，那只鸭子玩得太大了，掉以轻心，飞走时速度太慢，被剩儿用牙咬住了一只翅膀不放！那只鸭子发出了痛苦的哀嚎，整个院子里的畜禽看着，一阵骚动，顿时对剩儿有了更多的敬畏之心。

剩儿被奶奶用扫帚狠狠地打过一次。

那次，是一拨人来我家走亲访友。我那时还小，不知道那拨人是干什么的，只知道地位不凡，阵仗很大。剩儿照常上去狂吠了一番，奶奶也是说：“剩儿，不叫。”剩儿便知道了这是自家人，不再叫唤。这一切本是正常“流程”，谁知对方有个小孩子似乎很不悦，对着剩儿狠狠地踹了一脚，这令剩儿和我都有些恼火。小孩子不依不饶，继续连踹剩儿，对方家长忙着寒暄，也没有要管的意思。这时，剩儿便张大了嘴巴，作出一副要咬人的模样，这可吓坏了奶奶，觉得冲撞了贵人。

只见奶奶抄起扫帚，对着剩儿一顿狂舞，剩儿吓得满院子跑，最后左脸结结实实地挨了一下，当时脸肿了半边。在乡村里，狗万万比不得人重要，我却觉得剩儿罪不至此。全家人忙着接待客人，不知道剩儿去了哪里，还能不能活。第二天，剩儿活蹦乱跳地回来了，伸长着舌头微笑着，给了根骨头，便又和奶奶亲近起来，果然忠心憨厚。我仔细一看，它的脸奇迹般地复原了，看来昨天奶奶的举动对它而言构不成大碍。

农村里，猫和狗向来不和，很少能有同框的时刻。猫也有独立性，拴不住，因而很少有人家愿意养猫。爷爷爱钓鱼，钓到了很小的鱼无法烹煮食用，我便会拿来勾引猫儿来我家院子里。起先，我以为剩儿会去咬那只田园猫，但剩儿看得出我很喜欢它，便趴在原地，眼珠子嗖嗖地看着我和猫。晨光是一道弱化猫咪野性的纸符，贴合在猫身上的时候，猫便会变得柔软、顺和。它来也匆匆，去也匆匆，叼了鱼便走了，从不言谢。难怪别人说，狗是仆人，猫是主子。

小时候，我见到野狗野猫尚且不惧，却要避着农村里的大鹅走，生怕被追咬到哭。后来，长大成年了，再回来时，大鹅们见到我也温顺多了，偶有一两个仍然凶狠的，我握着它们的脖子就提溜起来了，根本不足为惧。那一刻起，我除了自豪到哈哈大笑，也不禁慨叹：小时候叫嚷着走不出去的村庄，如今在我的眼界里，也变得很小很小了。

油灯下

犹记得那段懵懂的孩提岁月，在背上书包上学以前，我在爷爷奶奶家度过。可以说，爷爷奶奶居住的老屋所在地，是我刻印在血脉里的故乡。至今踏足那片土地，总有一种熟悉的感觉萦绕心头，故乡里简朴而单纯的往事纷至沓来。

当时，尚不是家家户户都有电灯，爷爷奶奶会点亮一盏油灯。油芯被火柴点亮的过程，令我感觉到魔法般新奇。爷爷示意我也可以尝试着自己用火柴点亮油灯，但我笨手笨脚的，试个几遍才能点燃火柴，还得借助爷爷的手臂将我抱起来，我才能够得着高度，点亮油灯。

老屋很小，他俩说，一盏油灯就足够照明了。我喜欢读书，便捧着一本书去油灯下面读。村子里天黑得早，不知不觉墨汁就染黑了天空。他俩做菜也需要光亮，但没有那么长的线来悬挂油灯，我就在他们做菜的时候，提着一盏油灯去到小灶房里面。尽管手臂微酸，但看着爷爷奶奶忙前忙后的，听见瓷碗互相碰撞发出的叮叮当当的声音，感受着柴火在炉灶里噼里啪啦地燃烧，不一会儿，我这酸痛感就完全地被食物的香气化解了。

老屋由于构造简易，是容易溜进来过堂风的，遇到风力偏大时，油灯便有熄灭的可能。我找来木板，想挡住风吹向油灯，那时年幼，尚不知晓火灾的严重性和预防措施，奶奶晓以利害，直接否认了我这个想法。我又找来铁板，奶奶笑呵呵地说：“你先动手试试看。”结果铁板装上之后，风确实吹不灭油灯了，但是油灯仅有的照明效果也随之消失了。后来，还是爷爷想办法找来了玻璃，用它来抵御风的侵袭，在寒夜里保证那抹亮儿能延展到屋内每一个角落。

某日，贪玩的我去老屋外不远处的田野里玩耍，竟流连忘返，回来时已是黄昏。到家后，爷爷在院子里狠狠地训斥了我，我痛哭流涕，赌气不进房间。夜幕降临，爷爷奶奶平日里是很早睡觉的，那晚却一反常态。我在院子里，透过不完全透明的窗户，看到屋内明明暗暗的油灯之下，爷爷那佝偻的影子不断地来回踱步，甚至顾不上睡觉。我出于关切，进去一探究竟，只见爷爷的脸上在油灯的照映下，泛着泪痕，我才恍悟了他对我深沉而严厉的爱。

那段手持油灯的日子，是和书香、饭菜、亲情紧紧绑在一起的，就像缠绕在游子脚边的炊烟，总能让我的心静下来。油灯不仅有照明功能，还能供我取暖似的。

前些年，我去外地的一些古镇旅游，去寻那关于油灯的记忆，结果却大失所望。那些油灯，贴上了“网红”“高颜值”的标签，虽然亮度很足，却花里胡哨的，完全没有了朴素老实的油灯明明灭灭的感觉。灯红酒绿，已经完全超出了照明的范畴，只教人心浮躁。我只想逃离，逃离这“高颜值”的油灯古镇。

随着家家户户装上方便快捷的电灯，我已经很多年没有再见过油灯，爷爷奶奶也随着岁月逝去而去世了。

直到过年，我回到故乡里的老屋，终于又见到了油灯。它悬挂在房屋中间，像屋内的一轮小太阳，外面的阳光照射进来，能看到它的下面漂浮着碎木屑。到了晚上，从抽屉里翻出还能使用的火柴，点燃，我站着点亮这油灯。不需要爷爷的托举，我已经能独自够到高度点亮它。其实，我的爷爷奶奶何尝不是以在故乡里忙碌的方式，托举着我们长高长大，去见证这世界的繁华？油芯被点燃后发出细微的噼里啪啦声，一如某些事物拔节复苏，惯性记忆让我似乎嗅到了从前小灶房里清粥与菜饼的香气。此刻，这油灯，比电灯还要温暖。老屋的记忆，霎时全部涌现……

庄稼事

开荒南野际，守拙归园田。

——陶渊明

村庄横卧在这片蓝色星球的土地上，古老且无言，像某枚胎记。

它呀，又似一位故人，从我的肌肤和心坎上走过，留下处处屐痕和印戳。

从古代开始，文学史上就有不少脍炙人口的农事诗，尽显田中闲适、恬淡。然而，他们其中有一部分诗人，终究不从事农活，只是旁观者，或者仅偶尔将农活作为一项娱乐消遣活动随意做上一做，重点还在于吟诗作赋的乐趣，而不是真的完完全全将自己饱腹与否和庄稼捆绑在一起。

我在老家的时候，陪伴爷爷奶奶一起侍弄庄稼，方知真正的农活并非那么优哉游哉。村庄里，我们都称自己为“庄稼人”，即靠种植庄稼为生的人。我们这些庄稼人，平日里偷懒还算不得太打紧的，要是到了金秋——收割稻子的季节，还是那么懒懒散散的，只怕是下半年要饿肚子了。

麦田密密的，左右摇摆着，一眼望不到边，好像黄金海浪。

割稻子正式开始。我作为学徒，乐呵呵地跟在爷爷奶奶后面学割稻子。我一开始图个省力，对准稻子的中间割下去，奶奶嗔怪“糟践粮食”，教导我要对准根部，而且不是“割”，而是挥舞着“砍”下去，力道才足以稳准狠地把稻子完整截下。我试了试，一刀未成，两刀仍败，连补了三四刀才割下了一束稻子。我一边慨叹着稻子根部的坚韧与顽强，一边紧张于今天下午究竟能否将稻子全部收割完毕。因为奶奶说，割稻子要看准了成色，早去了不行，晚去了也不行，最好这两天就将稻子全部割完。

我望向奶奶那边，她倒是娴熟得很，手起刀落，一刀一束，才一会儿工夫，身旁已经堆起了一小堆稻子。奶奶见我不行，让我负责把她和爷爷身旁的稻子捧到三轮车上去，我欣然领命。

麦田望不到边，爷爷奶奶手中的镰刀，像两只不知疲倦的绵羊啃食青草般，一点一点，将这些金灿灿的粮食收割回家，这也一点一点消耗着爷爷奶奶的体力。他俩中途休息，我便去替他们，动作也渐渐娴熟起来。此刻，我真想自嘲式地吟唱一句“谁道农事景宜人，站着说话不腰疼”。给自己解解乏，舒缓舒缓酸痛的手臂，然后我又开始提着镰刀上阵。

终于，我累躺下了。

我闭着眼，微微地喘着粗气。睁开眼，映入眼帘的是一片高高的、蓝蓝的天。目光所及之处，全是透明的、纯净的蓝色，偶尔近景处有一两个闯入眼帘的稻子被风压低。秋风吹过，凉飕飕的，燥热感和汗珠被悉数消解。心仿佛也被这天空感染得大了起来，轻飘飘的，似乎已经在天上，化作了一朵轻柔的白云。

曾几何时，我也是这样躺在地上，视野里尽是蓝天。只不过当时，我仍是幼年，无须操持许多事情。与同伴们像猫狗一样在田野里追逐、打滚、嬉笑，也丝毫不觉得突兀，那时的我们似乎化作了一根根芦苇，随风飘荡，风吹到哪儿，我们就落到哪儿、摇摆到哪儿。而现在，随着慢慢长大，我们更像是稻子。生活中越来越多的事情需要我们去打理、帮衬，我们成熟地低下了头，等待某一天，岁月的镰刀将我们收割起来。

我对着蓝天伸出手，舒展开五指，修长的手指上跳着青筋。原来，我早已不再是小孩子了啊。

我一跃而起，继续侍弄稻子，在太阳落山前，和爷爷奶奶紧赶慢赶地完成了收割任务。落日是一轮胖乎乎的圆，随着离地平线越来越近，它所带来的炽热与压迫感便越来越强，我们虽然疲惫，却不由地加快了手中的动作，嘴角上扬，只因收割的过程总体而言是愉悦的。

回家路上，清清爽爽的自然风从耳边刮过。我和爷爷奶奶正巧遇到其他收割稻子的村民，大家互相打招呼问候，完成了一件幸福满满的事，今年又有了一个好收成。夕阳西下，奶奶骑着三轮车，驮着大捆大捆的“战利品”回家，爷爷则在另一边用手按住稻子，防止它们掉落。他们俩的影子在残阳的剪影下，特别长，特别高大，似乎两个魁梧的巨人，在奋力收割稻子之后，田野也为之折服，相比之下变得很小很小。其他村民看见我，对爷爷奶奶说：“你家孙儿都长这么高啦。”我蹦蹦跳跳在乡间小道上，期待明年，稻子和我长得更高。

根与翼

村庄里，扎根的事物很多。一个锄头，常常较劲不过被收割了半截的庄稼。

大地之上，春天是青绿色，夏天铺满各种光华色泽，秋天是成熟的金黄色，冬天裸露出坑坑洼洼的泥土。较大的坑那里，常常有一小汪水潭，里面漂浮着细小的虫子，偶尔有叶子作扁舟。只有过年的时候，村子里是红红火火的，大红灯笼、正红春联，压制住村庄寒冷地哆嗦。

每逢过年时，奶奶都会穿上那件老旧的厚棉衣，也顾不得好看。带我去集市上挑选衣服的时候，她却又恢复了审美标准，总是说我选的衣服颜色素净，太老成，不好看。我说："您怎么不给自己挑一件好看的？"她说："别管我了，你挑个颜色艳的。"

新年到了，连村北边的古树也挂上了爆竹残渣。它有一部分根须落在地面上，更多的则深埋于地下。我忽然联想到奶奶的胳膊，那不像女人该有的胳膊，黝黑的皮肤上能看到暴起的青筋。

也是因为这个，她收割庄稼的时候尤其轻松，并不像我。我一向矫情过头，在我眼里，庄稼就和大地母亲的头发一样，拔除收割它们，不仅费劲儿，而且残酷。它们扎根于此，也是村庄的子民。

奶奶只说一句：“自己种的，自己割，自己吃。”接着便如同探囊取物般收割了一堆又一堆粮食。她又喃喃地说：“你爹小时候也是这么懦善。”

村庄里试图扎根的，还有猫狗牛羊等各种动物。农村人不喜猫，猫便注定了如无根之叶，四处歇脚，又被各处驱走。狗则伏于老人们的膝下，以忠犬的面貌陪伴在人类左右，虽然会受到不对等待遇，却也算是以一种招摇的方式扎根。牛和羊日常面对的就是牵绳和鞭子，它们被圈养长大，只为到了日子被分解制菜。你若是见过城市烤鱼馆里的鱼缸里的食用鱼，大概会明白它们的处境。

村子唯一留不住的是日趋长大的青年和鸟。老人家一句“鸟的翅膀硬了”，儿女便去都市或县城里务工了。每次父亲和姑姑回来，爷爷奶奶便会杀一只鸡来款待。父亲回忆说，小时候取得了极棒的成绩也不过是换来一个煮鸡蛋，而奶奶的说法是“怕嘴巴吃好东西吃挑剔了”。有的时候鸟群盘旋着迁徙回来了，人还没回。守着手机，守着铁门，是他们日复一日的凝视。

老年人最大的慨叹就是：“身边的人，一个一个都过世了。”而儿女们总算在城里告别了四处碰壁受挤压的状态，扎根到了城市。在乡村老人眼里，城市实在是个光怪陆离的繁华宫殿，却又是个好地方，他们觉得只要城里人想，顿顿都是红烧肉。他们一边问着“儿啥时候回来”，一边希望他们永远定居城市。

村北面的古树继续向下扎根，守着荒地；奶奶的手臂随着年华老去，不再粗壮，有些干瘪，却仍鼓着青筋。父亲和姑姑常回来探望，古树未枯，之后人已老去，而古树的枝头保持着向外延展、向上弯曲的骄傲，枝繁叶茂，像一双带着叶子逃离村庄的翅膀。

炊烟缭绕

故乡也是有闹铃的。那闹铃是清晨的鸡鸣，是傍晚沾着泥尘的凉风，也是中午准时升腾向天空的炊烟。

童年时，父母务工繁忙，无暇顾及我，我便和爷爷奶奶在一个村庄里住了几年。他们对我属于“放养型”带娃。晨起后，我收拾好房间，做些简单的小活儿，如打扫庭院、整理扫帚簸箕，之后便会出门去。或是想法子爬上那些大树，或是追赶邻居家的鸡鸭，或是找同村的同龄人一起玩耍。家家户户，各家有各家的动静，各家有各家的“小旋风儿”。而炊烟，总能在孩子们的身后远方准时升腾而起，成为呼唤他们回家的地标。

家里的常态便是，手里头有点劲儿的去田里面收拾庄稼，各家各户的孩子们随着一声清脆的口哨，就如大人们听到鸡鸣似的从各个大门内蹿出来，玩得找不着北，从河边到树下，从日出到晚饭。只有一些老人，时间一直如同雨过砖瓦般涓涓流动着，他们却似乎被定格在了庭院里的小板凳上。偶尔站起身来，将位于东头的锄头挪动到西头，接着静坐。

我是属于较安静的类型。在刚进村庄的那段日子里，很少出去玩闹，去过最远的地方就是后院的铁门门口。后来，渐渐心玩野了，便会去河流前边的田野旁玩，爷爷奶奶倒也不追出来看着，用他们的话讲，他们也是这么“野”过来的，野着闹着，便也成熟了。

在村庄里，日出便是最好的起床闹铃，而河流较窄处的快意流淌便是滴答滴答的时针旋转曲。每当炊烟升起的时候，我便知道，那是回家吃饭的时间到了。作家刘亮程在《一个人的村庄》中所写“炊烟是故乡的根”，实在精准贴切。当我躺在乡间小径上，将头顶顶在地上，看过来的世界便是倒着的。炊烟像一个个树根似的，在河水流淌声音的滋润下，一点一点地朝着天空的最高处蔓延、扎根下去，而我的头发与树叶似的草木连成一体。颜色浓烈至顶峰时，便会淡至虚无，传出饭菜的香气。“民以食为天”，整个村庄便在碗筷交响曲中音量大了起来，那个热闹的场子便也彻底打开，活了过来。

村庄里，原本关系熟络的两家，偶尔会因为琐事发生些小摩擦，干脆闭上那扇冰冷的铁门，怄气不说话。中午做饭时，两家灶房上的炊烟可能调皮地缠绕在一起，打了个姻缘结。两个小孩见了，再聚在一起通个气，这消息便传遍了两大家子的耳朵，门不知何时打开了，两家子的声音也交融到了一起。

在我五六岁的年纪，以一颗童心去看，炊烟是一缕微瘦的蓝。日出之时，一点点朝阳的金红色爬上砖瓦，但是炊烟的出现，又会将红色尽数取代为蓝，收拢、氤氲，直达天际。

上午，我跟随着玩伴的脚步去布满露珠和长满黄花的田野里，或是更远些，溜到乡村和小县城的交界处，偶遇一些狗，倒是不见猫，在这幅光景里尽情嬉闹。一回头，我看见家家户户的微蓝色炊烟升腾起来。视野触及炊烟，才恍然发现在风物中误了时辰。

后来背井离乡，再坐火车回来的时候，我才发现炊烟也可以是绯红的。晚间的炊烟，被夕阳与火烧云点染成了红色，留白的天际等待它的填补。道路变得平坦，唯有一缕夹杂着新鲜泥土气息的乡风提醒我——

记忆中的地方，即将到站。

童趣与老者

和县城里不同的是，凌晨四五点，天还是朦胧的苍青色的时候，村庄里的老人们便起床了。他们坐在庭院里的小木凳上，看着苍青色一点点钻破黑夜的蛋壳，逐渐涌现出青蓝色的碧波，随着一轮圆滚滚、热腾腾的红日慢慢升起，天边骤然亮起。

青壮年们也早早地收拾好家伙事儿，该干什么干什么去。有的要过十几里的泥路，去县城的集市上贩卖陶瓷之类的手工艺品，偶尔也卖一卖自家媳妇伏在桌前赶出来的纺织物。大部分人还是留在村庄里，前往田野，准备忙农活儿。每天到达后，望着田野里大片大片的农作物，觉得它们大得好像一片望不到头的金色海浪。但是每到年底的时候，一回头，竟发现自己的三百多天也无非在这一方小天地里来回折腾着。和庄稼们一样，来来回回，浮沉、收获、睡眠……

小孩子们在村庄里的生活则是比较快意的。他们个子不高，所以更能留意到那些家禽和流浪狗。农村里猫倒是很罕见的。乡村里不太懂规矩的两三个小孩子，会追赶着那些鸡鸭狂奔，吓得鸡鸭们四处乱窜。后来被大人们教训了一顿，他们才知道，别人家圈养的鸡鸭是经不起他们这些小孩子的吓唬折腾的。流浪狗脾气也大得很，说叫就叫，说咬就咬。后来少年们索性学乖了，干脆不找家禽和流浪狗们玩耍，而是自己组队嬉戏。

家乡环绕着一条河，偶尔有几个外乡人跑过来钓别人家养的鱼，他们自然是被赶走了，平日里那里无人问津。早晨偶有妇人去洗衣、淘米。我和刚子、小李经常去那边玩“石子水上漂”，即在河边找一块石子或一片瓦砾，往河里一丢，比谁丢出去的石瓦弹跳起的次数多。这也是我们看几个块头稍微大些的哥哥们玩的。最初，我们三个娃尝试的时候，石子瓦砾弹都不弹便沉入河中，但我们逐渐摸索出了窍门。一定要找那种瓦片状的石块，手腕发力，找准角度，出手速度要快，石块便能弹起来三四次。原来，能使河面激起明显涟漪的，不止蜻蜓、鱼儿，还有年少的我们。

那时的口粮，朴素且粗糙。即便是几个家常菜，我们也会细细品味。没有馅儿的馒头，口感是干柴的，需要整个蘸着米粥吃，入口时便软软糯糯的。如果是里面有萝卜丝馅儿的馒头，则只需要把外面的表皮蘸到米粥里，即可最大程度地品味出其中的香，萝卜丝入了水反而酸味太重。茄子是蔬菜里味道比较奇特的一种，即便是素菜，嚼在口中也有一种在嚼肉的感觉。村里有一个爱闲庭漫步的老头，他大概是知道我们几个娃娃想尝点新鲜的，便带着我们去捉知了吃。

我和刚子、小李家的老人都是允许我们晚间外出的。老人们素日里不喜欢我们这些孩子缠着他们，挥挥手将我们撇到一边，让我们自己找同龄的玩伴。而到了晚上饭点的时候，又会捉小孩回家，否则少不了一顿竹竿，矛盾得很。这个老头子，倒也算是老者中喜欢亲近小孩的。

老头带着我们悄咪咪地来到大树下面，听着哪里传来知了的叫声，便掏出早已备好的工具，即竹竿上嵌套的一个罗织很密的小网。在月光下，微微闪着寒芒的地方，仔细一看，便是知了。它的皮肤，在光的掩映下泛着类似于油光一样的亮黑色。出竿讲究快、准、狠。捕捉到以后，我们把石子堆起来，围成一个圆形，中间留空，放一些树叶和小干柴，老头儿点燃了火柴，把知了串架在火上炙烤。噼里啪啦，一种油香慢慢蒸腾而出，可把我们几个小娃娃馋坏了。我们吃得起劲儿，看起来是没什么食欲的东西，吃起来却嘎嘣脆，油津津的，别有一番风味。

老头又掏出他的烟斗，看着我们几个少年欢乐的样子。火光打在我们几个少年的鼻尖和侧脸，欢笑声萦绕在他的耳畔。他看着石头中间那星星点点的火苗儿，似乎下一秒，有一些物质就会扑出石头堆，直扑向他那无火的烟斗里。

人来人往

孩提的时候，我在老家，也就是现在所言的故乡长大，那时刚离开父母，有诸多不适。那段日子，经常有外地人来这里旅游观光，说一些类似于“若能终老于此，必算不负此生”的话。我总是不解。这里纵然有大片的田野、清澈的溪流与宁静的氛围，又怎迷人到能牵住一个人的一生？当我日复一日地在这里过活的时候，才发现远山不过无用，除了挡住我前往繁华县城的路，什么都挡不住。它挡不住我炽热且急躁的愿景，挡不住我的望眼欲穿，也挡不住我对父母的思念。

“一个人回来，和一粒尘土落下，是一样大小的事情。”当读到刘亮程写的乡土散文中这样的话语的时候，我深有体会。一切都太安静了，黄昏里，夕阳抖落自己的影子进了河水里，把那抹红色喂养得胖乎乎的。这时，农作的人们回来了，夕阳同样把他们的影子拉得很长很长。他们的肩上扛着闪耀金属光芒的锄头，背影逐渐变小，在那条路上渐渐远去。

旁边溪水里的粼粼波光，上下攒动着，里面有鱼儿发出撒欢的声音。但溪水这条律动的银带子以外的部分，似乎被厚重的火烧云定格在了一段凝滞的象限里。恍然，树梢上的叶子飘动几下，掉落一粒尘土，以证明现实世界不是一幅长长的画卷。陌生的老人脸上看不见表情，如镶嵌在山脚的铁皮。

“一个人回来，和一粒尘土落下，是一样大小的事情”，除非，那人是我的爷爷奶奶或者父母。这是许多人的村庄，也是一个人的村庄。初来乍到时，竟是如此寡味与落寞。

同龄的玩伴之间也玩腻了，我开始跟着要好的兄弟去串门。我们就和院子里的鸡一样，即便知道没什么意义都要扑棱几下翅膀，闲是闲不住的。

当时，同伴里有个不一样的人，叫阿岭。他爱读书，说话书生气重，家里不是很阔绰，阿岭的奶奶是靠做刺绣营生的。说来也怪，他的奶奶视力早已不行了，穿针引线却神得很，抖也不抖。用她自己的话说，再晚她也不能停止刺绣。

阿岭说，傍晚五点左右的时候，夕阳养得胖乎乎的，在水里晃荡着腰身。阿岭说，只要一直盯着夕阳在水中晃荡的部分看，日子就过得很快了。

后来，爷爷带着我们这些小辈去田里帮忙收拾稻子。我一开始抄起镰刀，对准稻子的茎部砍下去，却被爷爷呵斥住了。爷爷说，稻子得从根部砍下去。我问为什么，爷爷并不觉得我能够理解，索性不讲原因，让我照做即可。爷爷那边已经割了一个小稻堆了，我这边才勉强割下了五六束稻子。豆大的汗珠往下掉，我走到哪儿，如雨的汗珠就挥洒到哪儿，这让土壤也开心起来了。

这段时间实在太难挨了，我便趁爷爷不注意，偷偷望向旁边河里的夕阳。正如阿岭所说，它影影绰绰的，偶尔飘下来一片落叶，或是忽地冒出来一条鱼儿，让它体内的橘红色与无数另外的橘色相遇、溶解。但是，当我看到爷爷扶了扶腰部，感觉他很吃力的时候，我还是加快了手中干活儿的速度。我又多么希望夕阳沉得慢一点，再慢一点，别让我们爷孙俩误了收割稻子的好时辰。

这一段时辰里，注满了泥土的气息，还有帮爷爷擦汗时深灰色抹布上的汗味和麦香。

一晃，过去了几年的光阴。阿岭的奶奶病逝了，他自己也被父母接到县城里住去了。

临走前，他一步三回头，眼睛里晃荡着乡村的一草一木、一人一事，竟动也不动了，仿佛炊烟缠绕住了他离去的脚步，远山阻断了他前进的道路，夕阳烧尽了他前路的草木。仿佛，他和我、他和其他玩伴，都在彼此的生命里默默地勾选了保存彼此珍贵的回忆，又默默地点击了“删除”。

直到又过去了多年，我拥有了和阿岭一样的人生经历和桥段，我才能揣测，他当时在离开这个乡村的岔口回头看时，都在看些什么。

我的视角里，淡蓝色且半透明的天水灵灵的，炊烟裹挟着野菜的清香，麦浪滚滚，倾斜着压倒自己的头颅和脊梁，爷爷奶奶辈的老人们在一个个错落开的庭院里坐着。几个小孩，笑声恍如童稚时候的我们。

所以阿岭当时都在看些什么呢？我不能再揣摩下去了。我怕鱼儿从河水里翻出来打个滚儿，咕咚一声，我的泪水就会夺眶而出。

高旻寺

清代皇帝乾隆曾在南巡至高旻寺时，作诗两首。

第一首《高旻寺》：“河干启梵域，塔影矗高旻。两字腾鸿号，千秋焕宝文。庄严开象设，清净悦声闻。顶礼祝慈寿，都梁飏瑞芬。”第二首《高旻寺行宫即事》：“塔影遥瞻碧水隈，北来驻跸又南来。风光一日更春夏，俯仰几时经往回。燕蹴残红点瑶席，鹤行浓绿印苍苔。江城畹晚犹牵兴，堤外兰舟且慢催。”

君子素来心境淡雅，一如高旻寺的整体风格，素净，安憩。若不是寺庙自有规定，在凡世里争久了的人们，必会克制不住隐居于此的愿望。有人戏言，古代诗人写隐逸，不写“竹”“琴”“菊”等自带文艺气息的意象来附庸风雅，便也不会写了。你若要写高旻寺，自有别的许多风物可以写。它在邗江区一个相对较僻静的地方，与大明寺相比略显小众，却自有风格。

（一）

寺庙外的世界，先拿来一说。你若不直接走进高旻寺的大门，而是选择左拐进了羊肠小道，右手边是寺庙的院墙，左手边是大片大片的田野。田里，零星坐落着一些碑，边界处有轻巧的蒲公英和谦逊的芦苇，随着风，或飘舞，或压弯自己的身子，倾斜荡着，令你的心也随之轻柔。沿着小道一直往前，会看见右侧古黄色的墙壁上有镶嵌进去的刻字，上面用繁体字写着“高旻寺院墙外馀地一丈二尺”。

到了这条小路的尽头，左拐，有一条河，那是钓鱼的好去处。远离市井，甚至离农家也有一段距离，是一处被尘世淡忘的地方。就此止步吧。那里本人亲历走过，背离了寺庙、繁华市井与朴素乡村。后来，我选择折返回寺庙，安一安神。

（二）

你进入高旻寺，抬头会看见大门两侧的字：“本来无一物，何处惹尘埃。”进去后，寺庙大院子里有鸽子群飞，传出扑棱着翅膀的声音，好像白色纸片在空中自我折叠、飞翔。它们又各自降落在树梢、寺庙的屋顶上和地上。两侧是罗汉屋，其中供奉有数百罗汉，庄严肃穆，令人震撼，却又充满了安全感。高旻寺里面又有很多分殿，如多宝楼、藏经楼等。这些建筑并非格子式地依次排开，而是彼此掩映，像是树木挡在树木之前，一朵云咬着另一朵云。道路两侧的石头上雕刻有花纹，图案是延展开的花枝、莲花，还有喜鹊等吉鸟。郁郁葱葱的树似乎永远没有凋敝的时候，上面永远携着一抹青色，春夏不去争斗生命力，也不在秋冬季节败下阵来。寺庙内的香火一直延绵旺盛，这些香气早已化作空气的一个组成部分，令你不必刻意闻之，就会自然感觉到一股温暖的香气漾满了胸腔。正殿内传来僧人们的念诵声，将你的压力悉数释放。

你若是来得不巧，在这院子里看不到住持和尚。高旻寺不似别的寺庙，除了维持基本的活动、秩序及洒扫事宜，并不会留有太多和尚在此。因此，这里疏疏离离，并不拥挤。缓缓踱步于此，节奏彻底慢了下来，恍如身处另一个世界，你会疑心：此等妙处，真的位于地球？

（三）

高旻寺外，还有一条河流，这条河便是古运河。关于高旻寺的来历传说，人们认为，也和河流有关。高旻寺地处于南郊古运河和仪扬河交汇的三汊河口，在民间传说中，此为“九龙圣地”，意思是寺庙前有三条河流，即三条“水龙”，另有六条“陆龙”，共“九龙”。它与镇江金山寺、常州天宁寺、宁波天童寺一起，被称为我国佛教禅宗的“四大丛林”。

扬州学者朱善文经过长时间实地调查和翻阅史料发现，高旻寺的建造者负责祭祀运河之神。在高旻寺这儿，还发现了“分水龙”碑。我国水利专家徐炳顺表示，分水问题在大运河开挖过程中特别重要，水分多了会泛滥，分少了船只无法航行。古人认为河流平安畅通是需要神灵庇佑的，因此设立“分水龙”碑加以保护。这为世界文化遗产大运河又增添了丰富的一笔。对此，康熙皇帝也曾在南巡至此时写下：“蜀冈云淡山光近，江渚潮分水脉清。”

从隋朝至今天，高旻寺一直矗立在运河旁，庇佑祥和盛景。我发挥起我的想象力：若是我飞到了云朵上，向下俯瞰扬州大运河的景点连线，把河流想象成一道会流动的半透明宣纸，那么高旻寺，是否可以理解为立在宣纸一角的一把镇尺？守护运河悠悠、水流潺潺，所到之处皆为安然。

（四）

高旻寺还有一座塔，名为“天中塔”。据史料记载，它的历史比高旻寺更加久远，先有塔，后建寺。吴惟一的《天中塔记》记录了天中塔的修建过程。

我之前在江海职业技术学院就读，后来升学到了扬州大学广陵学院，两所学校都在高旻寺附近，我远远地便能看到这座塔。这塔很高，我只是远远地仰望着，便似乎能听见塔内传来僧人撞钟的声音，绵长，悠远。

在江海学院时，曾和好友去学校和高旻寺之间的一处地带玩耍，那是籍籍无名的野草堆，上面杂草的长度可能十倍于日常有人修理的青草。我们背靠着寺，背靠着塔，像小猫小狗一样撒欢。一晃四年过去，我在新大学里望着塔，它瞧我时也会感到些许眼熟吗？

（五）

高旻寺收养了一些流浪猫。

从前，大抵源于农村里“狗来富，猫来穷”之类的传言，猫不如狗受欢迎。而佛门圣地，自然不囿于这些虚言，便收养了这些可爱的小生灵。它们虽然属于半野生半被收养的状态，但却比任何地方的猫都安静，大多数时候，它们就只是待在地上，好似一个静物，一层安静的气息附着在它们身上，给寺庙平添了几分禅意。寺中僧人也是如此，有时端坐于一处参悟，可能会令你做出错误的判断：该不是雕像吧？待到他们起身去忙，你才猛然发现，他们只是静若处子而已。

猫和鸟，在别处似为不兼容的两种动物。猫爱捕捉鸟类，这是它们的天性，而在高旻寺，猫与鸽子们却能做到相安无事。所谓“一方水土养一方人”，在清修道场，似乎就连猫咪也被净化了心灵。

康熙皇帝曾从汉王逸赋《九思·伤时》“旻天兮清凉，玄气兮高朗”句中取“高”“旻”二字，祈愿神清气朗，最终赐此寺名为“高旻寺”。

外地人皆闻瘦西湖、东关街等，它们确有它们的美好，高旻寺也自有高旻寺的妙处。你来此，未必需要带着心愿，只是带着一双亟待放松的眼睛，也会收获一段沉浸而悠长的下午慢时光。

六圩灯塔

扬州有一个景点，叫作六圩灯塔。你若要去那边，最好的法子，是体力尚好时，骑上自行车，前往那个地方。一路微风拂过，清清凉凉的风在脸颊和双耳处温柔地摩梭，当你感觉到些许疲乏的时候，六圩灯塔便赫然出现在了你的眼前。

这个六圩灯塔在一处水边。那一处水，不能说是河，比河要宽，也不能说是海，比海要小，倒像是一个微缩版的海。我查阅相关资料方才得知，它旁边的水来自长江和运河的交汇处。一边是滚滚长江，另一边是悠悠运河——磅礴的动与潺潺的静，流淌出了它的独特魅力。

它大部分时候呈现出湛蓝色，好像一个蓝色之眼，里面荡漾着温柔的碧波。春夏季节是来扬州赏景的黄金时期，近期，瘦西湖、中国大运河博物馆、鉴真大道、东关街等诸多风景名胜又一次火出圈。这并不奇怪，家乡扬州不仅有优美的景点，还有源远流长的历史文化，再加之相关部门对这些方面一向重视，扬州的景点便也越来越多地被人们发现、称赞，这也大大提高了扬州这个文明城市的知名度、美誉度。六圩灯塔这样具有别样风情的景点，成了越来越多年轻人的打卡之地，虽然地界称不上很大，却给人提供了更多旅游所带来的特有的情绪价值。

六圩灯塔下来来往往作业的渔船，有巨型的，也有一小叶扁舟。原先，我曾幻想自己是那叶扁舟，一点儿风浪就会使我徘徊，后来，随着年龄的增长，我才意识到，自己更像是那个体积较大的渔船，有时，停在江心，前进较难，是因为心中有所杂念，只得摈弃那些原本不舍的东西，轻装上阵，才得以继续前进，靠近心心念念的港湾。

六圩灯塔最出彩的时刻，莫过于日落之时。地上有袒露着的石头群，由冷色调变成了镶着金边，在接近石体靠西、靠上的那一块边缘，泛着沾染了水色的金光。夕阳迫近了水平线和地平线，抖落莹莹金粉。天边燃起火烧云，与水连为一体，大片大片的，好像潮水涨到了天上似的。落日成了最有效的调色盘，只消圆的下半部分稍稍触及江水，江水便是绯红一片。偶有大雁飞过，驮来橘色的千里光。

再晚些的时候，这里人会少一些。夜色浓稠，比海水之深蓝，颜色更深。一些建筑呈现出金属的质感，暂时缓息，令人感觉到此处如此寂静、安好，不染凡尘与喧嚣。夜色更深之时，你难以分辨清楚夜色幕布与晚间江水的界限在哪儿，偶尔一个船灯闪烁，令你感觉到胸腔清新。运气好的话，会有一轮圆月从某两个金属架的缝隙间钻出来，探头探脑，接着悬在水面以上，照亮鱼儿前行的轨迹。

大部分时候，水面或大或小地有风掠过。水的纹理叠递，结合细微浪花，与滩边大片大片的石头一起，构成一抹辽阔之感。总有一些柔软的事物，比如细沙、光晕和水石，唤起我心中一些细腻的往事，顺着脚下流淌向远方，被船驮着，驶向天际线。

古风黄桥

古巷

我的老家在黄桥，一个红色古镇。随着黄桥经济的迅速发展，高楼也逐渐林立，新区尤其热闹。然而，每逢回归故里，我都会去这座古镇的小巷里走一走，如米巷、朱巷。它们在高楼的夹缝中泰然处之，尽管狭小不起眼，却不争不抢，安之若素。从外面看，好像就是一个平平无奇的小路路口，真正走进去，才发现其百转千回、别有洞天。

这巷子并不宽，刚好能允许一辆电动车和一辆三轮车擦身而过，但却足够曲折迂回，足够狭长。走近米巷，我看见地上有一个“米”字，当父辈被问及缘何称作“米巷”时，他们解释，大概是这座巷子在很久以前有一些囤米、卖米的人家。难怪，难怪我走进此巷，仿佛就能嗅到风吹稻田的味道。

巷子有砖瓦，有青树。砖瓦无言，却鲜被岁月与风霜摧残，它们保持着自己最素净的一面，安静地构成巷子的一部分。青树在秋天，枝头绿意会一点点掉落、消散，在春夏，又会重新萌发旺盛的生命力。

城镇热闹久矣，古巷中可谓别有洞天，好似桃花源，将车鸣声和人流声推拒在巷子外头。巷中，自有安定静气的场，令你踏足时，不自觉地慢下步伐，且不会使劲。一旦发出巨大的声响，你会被微小的回音震撼，进而羞愧。

巷子大多数时候只是偶有自行车和行人经过，在高峰期之外，几近空巷。墙高高的，阳光却毫不吝啬地照进来，挥洒在石阶和砖瓦上。这里的住户好似清修的僧人一般，只要不出去，便不被世俗打扰。巷中自有清浅的阳光和月光。

米巷里住着的大部分是一些头发花白的老年人。许是上了年岁的缘故，他们的动作缓慢有限。这些老人们，互相问好的时候满脸笑容，可以看出他们在青葱岁月里那温暖质朴的样子。瞧，某位老人的儿子手拎着鸡鸭鱼肉回来探望那位老人了，老人脸上的笑容仿佛要从苍老的褶皱中生长出新鲜的纹理。

幼时，我曾在巷中教书法的贾岳老师家练习书法。下课时间，我们不会跑远，便在巷子里散步、玩耍。贾老师家旁边有一个古色古香的长廊，跟个小广场似的，是个避暑唠嗑的好地方，经常有老人在那边下象棋。我们自是对下象棋不感兴趣的，便在巷间蹦跳、嬉闹，好似一只只野生的狸花猫。上课了，便回去，安安静静地练字。巷子出奇的安静，我们练字便也特别专注。这里，就是我们当年的清修场。

游走巷中，天公作美，开始下起了毛毛细雨。细雨滴答在瓦片上的声音，像极了“大珠小珠落玉盘”。细碎的雨，润泽着这个冷色调的小巷。青苔吸足了天赐的汁液，变得越发青绿、鲜亮了。无意识地在小巷里漫步，完全不用考虑出发点是哪里，终点是哪里，因为沿途尽是朴素的风景，值得徜徉、留恋。在米巷，不用担心迷失，即便暂时失去了方向感，沿着一个方向在巷中一直走，肯定走得出去。然而，我却特别希望自己微醺的时候，在这巷子中的七绕八弯里昏了头，贪欢至忘返。

雨停了。老人们出来了，阳光照射在他们的睫毛上，散步的散步，买菜的买菜，叮叮当当的碗筷声令我略感饥饿。幼时，我不愿看他们下棋，现在长成大人了，便也来了兴致。他们虽然都已年过半百，却像棋童一样，会因失误被吃了一个“马”而捶胸顿足，也会因为顶掉一个“兵”而仰天长笑。有时候，局势紧张的时候，下棋者可以皱着眉头，静心思考上一刻钟，对手和周围的人都不会催促他。那座专门用来下棋的长亭，来往了多少下棋者和围观的人。

前些日子，大学里的老友问我能不能带他们去黄桥最值得一去的地方聚会旅游。我说，米巷无疑极具故乡情怀，但却不适合喧闹的人群前来嬉笑打卡，只适合天气、心境俱佳的时候，一两个人前来。这就好比烈酒适合故友重逢，香茗须趁知音谈笑，而米巷，恰似一枚躺在城镇里的胎记，横卧在历史一侧，又恍如一壶老酒，温润而悠长。

音乐湖

黄桥琴湖广场旁，有一处大型的人工湖。湖水清澈无比，阳光照射在湖面上，激起一阵又一阵的“碎钻”，湖水中的涟漪唤起下一阵涟漪，构成某种恍若《诗经》里的“一咏三叹”。

环湖皆树。柳树姑娘们长长的青绿色头发在风中飞扬，风一大，她们的头发便凌乱、招摇起来，蘸在湖水里，好似湖水也被染得苍翠了一些。湖的东面有一处音乐喷泉，每晚都开放，跳广场舞的大爷大妈们会聚在此处，以喷泉为幕布，以音乐为舞伴，开始跳舞，夸张地渲染着人到暮年却依然旺盛的生命力。

湖的一侧还有类似于监测点的木质小房子，它们在湖面上排排站，更是平添了几分童话里海岸小屋的风味。

到了傍晚，陆续来了黄桥镇上的人们，到人工湖这边散步或是跑步。这里由于有大片的湖水，所以特别清凉，仿佛是夏天里的另一个季节，其温度更接近于秋天，冰冰凉凉的。湖边时常吹起自然风，那滋味，别提多清爽了。不管有多少烦心事，只要来这里走一走、逛一逛，湖水与凉风便会消解你的一切忧愁。

周末，有人来垂钓。湖水里有不少鱼，只不过鱼儿们好像学得比较聪明，知道“天上不会掉馅儿饼”，因而需要钓鱼高手才能成功钓到鱼。不过，“醉翁之意不在酒，在乎山水之间也”，钓鱼者的志向，大多不在于钓到许多鱼儿，只是享受美景簇拥、钓鱼闲适的感觉罢了。你把一片心地清净给人工湖，人工湖便会还你一湖清静，这堪称奇妙。

黄桥烧饼

小时候，我的父母每逢周六，总会从烧饼铺子里带回来一袋子黄桥烧饼。而在一开始的时候，我对它的期待与热情并没有那么高，因为它虽然闻名天下，但无论是口感还是味道，在我的心里，都称不上绝佳。

父母对我不爱吃黄桥烧饼这件事并不放在心上，依然每周六都会带上一袋子黄桥烧饼回家。我心想，难道只因为我是一个土生土长的黄桥人，就非要吃这个黄桥烧饼不可吗？某次，我将其愤愤地咬上几口，便丢在桌上，父亲立刻严厉地打了我的手，并讲述了一段关于黄桥烧饼的历史。

从父亲的口中，我方才得知这段源远流长的历史。原来，当年黄桥战役之时，新四军的经济条件不算好，为了守卫老百姓，他们坚守阵地，有时候粮食补给不够充足，甚至连顿像样的饭都吃不上。即便条件如此艰苦，他们也不愿意多拿老百姓一针一线。老百姓爱戴他们，便自发地做烧饼，主动赠送给新四军将士们吃。将士们感动不已，最终军民同心，打赢了黄桥决战，也为后来的胜利奠定了基础。

听了父亲的讲述，我对黄桥烧饼平添了几分崇敬的情愫。原来，它并非单单依靠美味而出名，更重要的是它承载着军民同心的希望、老百姓对新四军的爱戴，以及忆苦思甜的教育意义。

我开始爱上了黄桥烧饼。我在脑海里想象着，当年新四军就是吃着这些在阵地坚守、在前线作战。老百姓们为了给他们加油打气，省吃俭用自发做这些烧饼，并风尘仆仆地送到前线将士们的手里。这不仅是一段历史故事，还是一段感人的佳话。尤其我作为在黄桥出生、长大的本地人，更加感受到了其中的一份崇高的情感和精神。

父母依然不间断地每周带回家一次黄桥烧饼，偶尔有一次忘了，我都会提醒他们次日补上。对这种食物的咀嚼，也是一种对精神食粮的回味。

随着社会的快速发展，我们的生活条件越来越好，我的家乡黄桥也发生了翻天覆地的喜人变化。一条条大道平坦宽敞，一栋栋高楼鳞次栉比、整整齐齐，商店里陈列的商品琳琅满目，教人目不暇接。我家乡的黄桥烧饼，美誉度也越来越高，声名远播，逐渐走出了黄桥，走出了江苏，迈向了全国。

我虽然已经长大，远在异乡，可依然没有忘记心心念念的黄桥烧饼，以及它承载的忆苦思甜的教育意义。每当我颓废、迷失、怅惘之时，我的心犹如大海中的一片孤舟，漂泊无依。但当我吃了一份黄桥烧饼，家乡的味道在唇齿间溢满，如此温存，如此亲切，我便又想起了新四军艰苦奋斗的精神，想起了自己的初心，想到了那个魂牵梦绕的家乡——黄桥。

有一种烧饼，源于黄桥。

有一种烧饼，不止在黄桥。

归　来

记忆中，小时候的夏夜，毫不吝啬地从黑色布袋里取出闪耀的星星和明亮的月给我们看。白天时，天空的颜色是简单的透明色，带着点儿蓝和白，偶有炊烟，如古代烽火台传达的某种讯息，我们这帮顽皮的孩子们便一溜烟儿地跑回家吃饭去了。所以我偏爱的天空，大部分是夜空。

我仔细观察过夜空里的繁星。有的星星颜色很亮，像一个微型的发出线性强光的手电筒，虽然只有小小的一个圆点，却比月亮还闪耀。有些星星忽闪忽闪的，光芒有的亮有的暗，连缀得错落有致，像是传递某种隐秘的口语，比树洞里三五成群的萤火虫更神秘。大部分星星就散在夜空幕布上，偶尔眨眨眼睛，与地面上村落里板凳上的我对视。

看见圆月也并不稀奇，在我的印象里，一半的月亮是弯的，另一半是圆的，也许是过去的时间太久了。偶有黑云从月亮上快速掠过，其实视觉上看到的，更像是一团若有若无的紫气，仿佛衬出了月亮上的广寒宫和松树，然后又消失。

乡村里，有多少花草，就有多少蜜蜂和蝴蝶，在我们眼里，它们全是好看的小生灵。我们不捕捉它们，甚至不打扰它们，因为它们也是村子里的居民。蜜蜂的翅膀上似乎沾了些甜味，而蝴蝶的羽翼上似乎贮存着花粉，它们飞到哪儿，哪儿就有更多的花开，哪儿就有更多花儿、果子的清甜香气。

印象中的瓜果蔬菜，比现在的鱼虾牛羊还美味。现在大部分人在城市中居住久了，吃蔬菜更多的是将其作为一种佐菜，吃瓜果也是为了营养健康，殊不知，当时我在村子里，可是每一种瓜果蔬菜都细品的。

青菜带有一种淡淡的泥土的香气，白菜很爽脆，我叫它“蔬菜里的水果”，而苦瓜苦里有甜，关键是爷爷奶奶说吃了对身体好，所以我吃它吃得特别香。不过我最喜欢吃的还是菠菜，吃完菠菜觉得自己浑身是劲儿。水果亦然，梨子清冽，苹果香醇，西瓜爽润，细品起来，不比肥牛肥羊口感逊色。

自从爷爷奶奶过世后，我就不太经常回乡了。今年六月份，我重新回到了老家，老家的变化真不小，路变得平坦了，田野变得规整了。蝴蝶、蜜蜂依然忙碌着，路边的树又高大了几分，成了村庄的守护者。一片树叶儿被风儿带下，我心里的沉雪也簌簌而下，钩沉出了我对故乡纯粹的热爱与澎湃的心潮。

晚上，我们在亲戚家小住了一夜。我坐在院落里，仰望着夜空，月亮和繁星如期而至。平日里忙碌久了，竟忘记了与它们相见。

今夜的月，是圆月。许是盯着看的时间太久了吧，我揉了揉眼睛，夜空中哪里有银白色岛屿呢，只是一轮澄澈的月和一群碎钻般闪烁的星。虫儿在私语着什么，虫声落进溪水里，也落进我的耳廓里，消融、沉潜，酥酥麻麻的，唤醒内心一些返璞归真的感动。一个蝴蝶竟在夜间飞行，我这才想起，也是在这个地方，在秋天还见过蝴蝶哩。

这时，我的手机响了，是我儿时村子里的玩伴打来的电话，必是他们知道我回来了。我这才意识到，我的心似乎早已被什么东西松解了，夜风吹过，它又紧了一紧，在乡音中晃了晃，融入这夜色里去……

村妙图

村子一直有个人迹罕至的后门，没有人愿意从那边进村，觉得那边阴暗潮湿，阻隔物太多，所以它被铁锁锁了起来。其他门路都在陆地上，而那个后门，唯有通过江河能踏足这片被城市遗留在旁的乡土。镂空的铁门上，金属栅栏渐渐掉漆，两边有着水泥筑成的阻体，有人坐在那边，时间和其他物体皆凝滞，水中波光从下层上浮至水面，偶尔有一条货船，划过这片寂静之地。

络绎不绝的村民在道路上与农田中忙碌，村子里有一些奇人和趣事，那些皆在闹区。此文我打算讲讲村妙图，在安静处。

积雪

村里的风景一向比城市里的陈列要散乱一些。麻雀可能是成群结队地出现，绕着枯木旋转，远望就像一团呼啸而过的黑色旋风；有时，也有一两只麻雀，或从北往南，或从东往西，小时候，我只是看它们的体型大小类似，便觉得是同一批，后来才发现并非如此。那时，我尚未拥有手机，并非能够准确辨别日期和四季，便根据麻雀的方向来判断天气的变化和季节的推移。地上是被风雨霜雪摧残的树枝，落叶已经全部融于土壤，只有树枝像被剥剩下的骨头一样裸露在外面。

积雪来之前，并无预兆，只知道整个村子都会被调成消音的模式。雪一下，村子里还会忙碌一些，有的老人赶紧去田里做一些预防措施，保护农作物，有的孩子则呼朋引伴出来堆雪人，还有一些零零散散的外地游客，来村子里打卡拍摄雪景。忙碌归忙碌，声音却都遁于无形了，好像村子的背面有一处巨大的北极冰洋，吸纳了所有的声音，只留下一些微小的噪点。

噪点并非黑色系，而是纯白。大片大片的雪白，把整个村庄淹没了。一开始的时候，村庄恰似荡漾着禅意的写意画，黑黑白白的，白色的是雪，其他的事物都被雪映成了黑色。再后来，所有的白色便将一切披上了一层薄薄的棉被，细看时，下面藏着各色事物的本体。

老人们忙活完预防雪害的事情，又回屋去了，禽兽鸟类也不知藏到了哪里，只有孩子们，蹦蹦跳跳的，并不畏惧大自然的严寒力量。雪压在每个事物上时，它们并没有被压倒，反倒整体看上去轻盈了许多。比如看似破破烂烂的鸡棚，在雪中却成了较温暖较傲立的存在；松柏自是不必谈，雪越猛它们越乐，就连普通的古树也在雪中展开了自己的枝干。

天色暗了些，日子每往稍晚处推进一点，雪便在整座灰色系的村子里亮出一些。再暗些的时候，家家户户亮起了灯光，太阳已经不见了踪影，人间便开始寻找它的替补。

其实，事物也并非都能扛得住一场大雪。我独自踏上前往村后门的小路，才发现树木并非都不会在雪中掉落树枝，只是它们一脱落，便被积雪掩埋了。我走在上面，踩着吱吱呀呀的树枝，到达了后门。后门的两侧建筑上积满了雪，而江景依然没有被冰封。毛茸茸的雪花，渐次沉入江心，泛起一点点微型的涟漪。这里没有船，以前很少，一下雪，一艘都没了。

丁达尔效应

村落里，门并非私人物品。越多的人拜访，说明这户人家在村子里有不错的人缘。村子里的闲话像一阵风，能在其中成为善人的也需要一定的缘分。然而，窗户却不兴陌生人驻足观赏，因为它较为隐秘化，甚至鸟儿也不敢轻易落脚于窗边。窗户上有一层薄薄的遮蔽物，就和毛玻璃一样，往往贴在窗户靠下半部分的地方。上半部分，透着阳光。

四五点钟，天还是蒙蒙亮的时候，爷爷奶奶早已起床了，端着板凳坐进了院子里，看着太阳一点点慢慢出来。我还在睡觉，卧室里一片暗沉的夜色，直到一大束阳光透过窗户照射进来，我这才发现，已经是早晨六点半了。

阳光在窗户玻璃的分割和折射下，散落成一道一道的，较为轻薄，却很透彻，笔直而轻柔地落进了安静的卧室里。光束之下，一些细小的灰尘和气正在挥散，它们蒲公英似的在屋内做着无规则的运动。

日色渐浓，太阳展露出全部的真容，混着鸡鸣和家家户户起来活动的声音，丁达尔效应也彻底形成，光束透过窗户玻璃照进屋内，形成五六道被分流的光桥，仿佛一轮小太阳镶嵌在窗户的顶端中央，往屋内传递着光感和温暖。淡色的橘黄，暗含着宇宙中的热度，也令你的身体自发地驱走夜色带来的寒意。

新的希望，孕育于日出时。爷爷奶奶看见我起床了，在院子时露出了笑脸。

明灭灯

村子里不兴一直开着灯，非用不可的时候，才会将灯打开。老家的屋子，隔墙是由砖头堆叠起来的，不仅没有贴壁纸，甚至没有刷漆，缝隙间能透出些许光亮。古书中记载有“凿壁偷光”之事，而老家的屋子当初这样构造，除了节约成本之外，想必也考虑了光源共享，不至于在茫茫夜色之中什么都摸索不得。

这样节约的好习惯，父亲一直保持至今。比如夏天，当其他人家难耐酷暑，开了一整晚的空调的时候，他都会选择只开半夜，然后十二点左右的时候起床关闭空调，让空气中残存的冷气发挥剩余的作用。

灯光一直亮堂堂的，而透过墙的缝隙之后，另一边接收到的“二手灯光”，却总在明明灭灭，或许与角度有关，也或许与风力有关，难以说清，毕竟隔了一堵墙，光的亮度会被削弱许多。奶奶学过刺绣，曾倚靠在墙角，在一盏烛灯下编织毛衣。爸爸当时年纪尚小，穿出去后，路人对此赞不绝口。奶奶当年就想着，自己手工编织些毛衣来挣钱，她别出心裁地在毛衣上绣了大红花朵，拿到城里赶集时，却遭到了冷遇与白眼。自不必说大红花朵不太能迎合城里人的审美，就连奶奶的摊位，也只是由一个竹凳，外加一个垫在地上的蛇皮袋子摊下来的布构成的。她没能将毛衣卖出，便回村散给了亲戚们。那晚的灯，特别的亮，照着奶奶的脸，却见她一直在叹气。

衣柜里的毛衣，从小到大整齐排列着，构成了父亲和我的前半生。

村后门那边，两侧巨大的建筑物中，也有一些暗暗的灯光。我从未进去，因为我没有太多的探险精神，我喜欢坐在铁门前，看着满江的水向东方流去。夜晚，我依然坐在那里，有大货船和小舟，上面透着暖橘色的灯光。有时，船上的人望向我，他们应该也在好奇，这是谁家的孩子，一直坐在这里做什么？然而，他们的思维一直和水一样流畅，顶多看个几眼便又往更东边去了。我的视野所见，也就只有这一片被截去了左右两边的江水景观图，大船小船，老人和青年，明明灭灭的灯，在水中荡漾着，好像随时会沉下去，又好像随时会浮上来。

夜色特别浓稠的时候，天空和江水是同一种颜色，你甚至看不见水面线在哪里。偶然间，眼睛能捕捉到一抹船灯的光亮，那光亮像家中的灯光一样温暖。当船上的人望向我这边的时候，也会看见我这边暗戳戳的灯光吗？

辑二

与亲人书

野 游

少年行

现在，城市里、村子里的防范意识变强了，不允许孩子轻易下河游泳了。母亲说，他们那个时候，十岁左右的孩子们下河游泳很正常，也有少部分家长拦着不让，但终究是不可能全天候盯梢的。外公外婆不允许当时还年少的舅舅下河，就安排母亲，也就是舅舅的妹妹，一直跟在舅舅后面，盯着他，不准他下河。

但母亲和舅舅毕竟是平辈，齐心才是常态，母亲又怎会坚定地选择做外公外婆的第三只眼睛呢？母亲终究是拗不过舅舅，他还是下了河，在水里一边搅动着浪花，一边对着母亲说："下来吧，大夏天的，水里凉快。"

母亲没能抵得住清凉河水的诱惑，那时候，几乎没有人家有空调，河水成了最好的体温调节剂。她先是脱了鞋，伸出脚，试试水温，果然冰冰凉凉的，但河水在一刹那间仿佛化作了一只冰冷的手，攥住她的脚脖子向下拉。她顿时收回了脚，说："我就不下去了。你也是，快上来吧。"

舅舅调皮地眨着眼说："那你下来，把我拉上岸呀。"

本次监督禁止下河的任务以失败而告终。

舅舅那时年少，血气方刚，又和村东头的王二有些摩擦，俩人一见面就掐架。外公外婆素来懦善，没有找对方小孩算账，而是让母亲看好舅舅，不要让他往村东头去。舅舅哪咽得下这口气，用自己搬麻袋赚来的零工钱买来一辆二手自行车，车铃叮叮当当地响，说是送给母亲骑着玩，又说了一句："暂时送你的。"

母亲骑上了自行车，终于能和隔壁小花一起玩了，二人骑着各自的自行车到处逛，自然也就顾不上看着舅舅了。本次监督禁止掐架的任务又以失败而告终。

母亲说，当时她和小花骑了一会儿便回到家，看见舅舅很久不回来，觉得不对劲，便去了村东头看，果然俩人又掐在一起。母亲和小花当时年纪还小，自然是帮亲不帮理，村里的女孩子可比城市里的野蛮许多，有的是力气和野心，战斗力不容小觑，所以王二当即逃之夭夭。舅舅觉得以多打少胜之不武，于是不再追赶，下次再决胜负。至于裤子上的破洞，只能解释说："自己摔的。"

"叮叮当当"，母亲坐在自行车后座，舅舅在前面蹬着，二人加紧回家。

夜行船

父亲还是孩子的时候，流行《大力水手》小人书，当时村子里的男孩子们都嚷嚷着将来要去开船，要做大力水手。爷爷怒斥道："开什么船？去海里喂鱼？"当时和现在人们对待职业的态度天差地别，比较受人轻贱的职业是教师、水手、赤脚医生，反倒是风水先生比较风光。

父亲和他的弟兄们还是不服管的，尽管表面上老老实实的，背地里却总想着去村前头那条河里，开一开那个废弃的船。那是一叶木舟，顶多容纳得下六个人。

由于之前有另一伙和父亲那帮人八竿子打不着的男孩们试过开船，出过事，所以村里的老妇人们便商量好了，错开去河里洗衣服的时间，实行“轮岗制”，以便监督他们，不让去那条木舟上放肆。父亲和他的弟兄们，甩着膀子去河附近，假装漫不经心地路过，实则偷瞄着那条船呢！但发现有阿婆们把守在附近，他们便也不敢上船试试。

父亲和弟兄们有时就坐在斜坡上，看着河里来来往往的大船小舟。那些大中型的船尤其威风，上面设施齐全，灯光照得亮堂堂的，运送许多宝贝东西，用麻袋和圆桶装着。那些水手的胳膊上露着青筋，一副久经沙场的样子。那些船，缓缓从他们眼前驶过，下个日出或月圆，又会驶回来。从哪里来，又到哪里去，并不清楚。

某个静谧的夏夜，那条船还是开动了。父亲和两个胆大的兄弟，悄悄从家里溜出来，还拿出了用来挡在门口的大木板，以作船桨。他们动手能力强，这叶木舟很快开动起来。父亲说，夜里的水是纯黑色，里面似乎晃动着一条条银色项链，像极了这摊黑水的银龙脊背，那是月光洒在水面上反射过来的光。他们遇到芦苇荡，也不躲避，而是径直开去，芦苇往左右两边渐次退开，萤火虫伴随着清晰的划水声，让他们感觉到自己如同与夜色融为一体，在水中摇摆成鱼。那时，还有水蚊子，歹毒得很，甚至对着人的脸上咬，他们事先没有防备，一边留意水情，一边拍打蚊子，手忙脚乱。

父亲的父母没有发现，倒是船上其中一个男孩的家里人发现了，大家东找西找，找到了他们，各自拎回家教训。父亲的背上，结结实实地挨了几下竹竿。

他说，他会永远记得那艘夜行舟。

麦子庄记

以上两则，根据父母的口述整理，是否有夸大或错漏？也许有。接下来，我也说一说我的“少年游”，用接近于新闻纪实的真实口吻。

我的叛逆期来得猛烈，大概是初二的时候。某次午饭桌子上，我忽然问父母：“如果有一天我消失了，你们会怎么办？”母亲一向刀子嘴豆腐心，说：“那才好，省得我们一天天的不省心。”这段对话结束刚一周，父母就带着我到了一家大型医院的心理科就诊。

父母问医生：“他如果有离家出走的想法，怎么治？”医生说：“孩子到了叛逆期，想要离家出走，也不奇怪。这表明他想独立了，也就是大人口中说的，翅膀硬了。”

医生前前后后说了一大堆，我只记得这一句。父母本想让医生治疗好我的离家出走情结，医生却指出问题不在我而在于父母。我当时理解为：离家出走嘛，合理。在某个周日的下午，无聊得很，再加上中午和父母吵了一架，我真的走上了离家出走的道路。那也是我人生中唯一一次离家出走。

我家在一所小县城，我沿着向东的方向一直走，来到了隔壁的小县城，也许更远。我没有地图，没有导航，漫无目的地走着。路边一个男人看见我憋着闷气的表情，对着他旁边的一个朋友说：“这娃离家出走的！”我心想，真是好眼力。他旁边一个朋友摇了摇头，示意他不要多管闲事。

我又在这个比我家所在的县城更破败的小县城里一直向东走，终于走了出去，这次再也不是另一座小县城了，而是到达了城乡结合部。那里是无人区。这时，我估算着，距离我离开家已经三个小时了，因为黄昏即将降临了。

徒步了这么久，我又饿又渴。大地上突兀地长着一些古树，有的枝繁叶茂，有的郁郁葱葱，有的有枝无叶，还有的，在我的印象里和一座小山丘一样高大，少说有百年的历史了。大地上还盘错着一些长长的草，那些草野蛮生长，长得好像大地奶奶的头发，看上去很枯，却有生命迹象，并不像已经死亡的草。

最胆战心惊的桥段，是我偶遇了一群野狗，少说有五六条。它们的毛发是纯黑色，所幸块头不大，估计也不是很饿，并没有拿我当作捕食目标。我看见他们，装作没看见，另外第一时间看了看附近有没有石头之类的东西，可以用来防御。附近并没有小石头，只有大到我肯定搬不动的巨石。万幸的是，和它们只是打了个照面，它们没有打我的主意，我也没有惊动它们的战意。

我饿极了，有些眼冒金星，路过一处房子群落。我想进去看看有没有人，但从外观上看，全是断垣残壁，墙壁也早已被腐蚀成灰黑色，几乎辨认不出哪里是门，哪里是窗。想必不是什么好去处，我便匆匆离开了。

我继续沿着一条直线向前走。至于这条线是不是真的笔直，我也不知道，很可能走了好久还是在原地打转。终于，我看见眼前有一大片金色麦田。我后来叫这里“麦子庄”。

落日巨大，比城市或者乡村里的要大很多。它没有被任何建筑物或其他东西遮挡，就那么圆滚滚的，像一个火红炽热的大眼睛，睁大瞳孔一直看着我。

路的两边，都是晾晒着的规整的麦子。这是有人的迹象。

我继续向前走着，看见一些老人，他们看着我，笑呵呵的。想必那些麦子就是他们的杰作。麦田里，有满盈的麦子尚未收割，有收割了正好一半的金黄麦子，也有光秃秃的田地，上面散落着一些大号水杯和镰刀。其中一个老人笑着问我："你不是我们这儿的人吧？"

我说："我从C镇来，离家出走的。"

老人说："你便沿着这条路一直向南走吧，走个一刻钟，那里便有很多人了。"

我乖乖照做。路边所见，落日投射出巨大的光圈，结实的麦子闪动细密的光泽，如镶嵌在田野间的钻石在金红色瀑布中闪耀。之后，天很快黑了下来，我便也在天黑之前，抵达了老人所说的地方。

我瘫坐在路边，不知道接下来怎么办。两个小孩发现了我，看出了我的落魄，和我交流。天上一轮弯弯的月亮，亮得透彻，这俩小孩一边和我说话，一边以我为圆心，蹦跳着绕圆走动。他们只觉得我是个迷路的人，便把我领回了家里。他们的家就更凋敝了，墙上连白漆和壁纸都没有。小孩家里的老人打听了我的住址，询问了我父母的电话号码，拨通了电话。

听见妈妈在电话那头传出的声音之时，我的鼻子一酸，不明缘由地哭了出来。老人确定了我的家庭住址后，骑着三轮车将我送回了家。父母见了面，往老人兜里揣了整整三条烟作为谢礼。

我还记得老人骑三轮车送我回家的路，具体方向、怎么转弯已然忘记，只记得当时路上遇见了一场很大的火，火光冲天。

骑马的女人

(一)

奶奶是从云南嫁过来的，会骑滇马。

那个年代，车子还不普及，她所在的地方运送货物基本靠马。奶奶说话较粗鲁，因为读书不多，平日里就是在送货的途中和野山野水打交道。某次，奶奶加大驭马的力度，横越过一条清澈的小溪，速度犹如一道闪电，冰凉的水珠溅起在马匹和奶奶的侧脸，双耳生风。

当我听到奶奶的这些故事时，恨不能穿越到那个时候，坐上奶奶的滇马，潇洒一回，刺激一回。奶奶却说：“没用的。小时候呀，就是在院子里玩，总想着去外面的天地里闯闯。后来做了骑马送货的营生，却又对每天可能遭遇的野外危险害怕起来，而且线路就那么几条，走个几十天，也就腻了。兜兜转转，骑得再快，也逃不过这个腻味的感觉。”

“那后来呢？”我问奶奶。

奶奶告诉我，后来，车子逐渐普及了，骑马送货的人都转行了。可奶奶除了骑马，也不会别的，便带着她一直心爱的马儿到了一个古城旅游景区，让顾客骑马消费。只上马合照收五元；骑马逛一圈古城收三十元。

我说："那景区来来往往游客那么多，不得赚疯了。"

奶奶告诉我，那边不止她一家做这生意。滇马又是矮脚马，比不上别人家那些高大英俊的马匹。这滇马呀，本就不是用来拍照展示的，它最大的特点，就是脚力好，承受力好，能送货。那些别人家的马匹看着高大，却禁不住胖游客骑，马匹的主人呢，也不肯它们休息，来了客人就接，所以累废掉了好几匹。奶奶这边，虽然客人一直不多，钱却也赚得稳健，几乎没间断过。再后来，奶奶嫁给了爷爷，就专心于村子里的农活和家务了。奶奶说，她至今仍和那个古城的同行们有联系呢。

"马呢？"我问。

"送人了。"奶奶答。

（二）

在老家居住的日子，我经常看见奶奶唉声叹气。她总是从角落里拿起那个小木凳，端到院子左侧或者右侧，弯下腰，坐下。她的脸纹丝不动，好像老树上已经僵硬了的树皮，上面雕刻满了岁月的痕迹。

那时候我还小，便也鹦鹉学舌般地"唉"一声，奶奶嗔怪我，年轻人该有朝气，好端端的叹什么气？

我说，您可不能"双标"啊。

奶奶解释她叹气的原因，一来是许久不见儿子和儿媳妇了，但又舍不得他们过来，因为他们一来，就会把我这个孙子接走，到时候院子里更加没活力了。只有棚子里的羊，咩咩地吵闹。二来，总是干农活、踏着三轮车赶集、收拾家务，都这样过了几十年了，也没劲得很。

我学过心理学，知道小时候的成长环境对于一个人而言很重要，对骑马者这种自由惯了的人来说，如果长时间囿于一个地方，确实是一种心灵上的煎熬。奶奶年轻时是个骑马的女人，自是受不了这种日复一日的枯燥与时光虚掷的空虚的。

奶奶总是起得很早。四五点钟，天刚蒙蒙亮的时候，她就醒了，又是独自搬着板凳，在院子里坐着，静候东方太阳升起。爷爷则是睡到六点醒，醒得不算太早。他俩睡觉时间也不统一，奶奶睡得更早些。某次，我进了奶奶的卧室，阴暗的房间里，我看见就一团被子褶皱在那边，没看见人，便跑去问爷爷，这么晚了奶奶去了哪里。爷爷说奶奶已经上床休息了。我蹑手蹑脚地跑到床的另一边去看，才发现奶奶确实捂在被子里面，但从另一个角度来看，骨瘦如柴的她竟未被我看见。她好像一个弯曲的符号，藏在了被子里。在我模糊的印象里，奶奶把四五岁的我抱在怀里的时候，她大得好像一尊菩萨，而如今，竟也被岁月褶皱至此。

和奶奶居住在老家的日子里，也不全是扫兴的。村东头偶尔会来戏班子唱戏，奶奶便会用三轮车驮着我去看戏。那时候，我手里头总抓着一盒山楂片，那可是家里压箱底的宝贝，藏在床后面的一个大坛子里，除了过年，很少揭开那个坛子。村子里不比城市，没有薯片，倒是有山楂片，也算是一种供人消遣的零食。

前往村东头的路，会经过一座小桥。桥弯曲的幅度很大，奶奶只有铆足了劲，才能上得去。村里头的路本就崎岖不平，奶奶深一脚浅一脚地踏着三轮车，我于心不忍，在上桥的那一段下车，从后面推着三轮车上桥，到了下桥的那一段再坐回三轮车上，为奶奶减轻一些负担。

其实，还有另一个桥。那桥是平的，只不过两边没有护栏，而且中间全是木板铺就的，所以少有人从那边走。奶奶胆大，素来敢走，但之前载我走过一次，我一直哭闹，生怕一个不稳掉落水里，奶奶便绕路走拱桥了。

戏台上，唱戏的在上面舞动拳脚，咿咿呀呀着。我和奶奶都看不懂，只是看个热闹。我看到台上的人生龙活虎唱跳着的时候，会跟着凑热闹鼓掌，而奶奶只是怔怔地坐着看，也没有任何表情。直到台上的人做出骑马的动作的时候，奶奶才会兴高采烈地说一句："那人跳得不丑！"

这时的奶奶，停下了手里的山楂片，只是一动不动地望着台上做出骑马动作的戏子。村庄里的夜色如同海底的潮水一般从四面八方涌了过来，戏台上暖橘色的灯却很敞亮，照映在奶奶的瞳孔里，亮晶晶的，她的眼睛里似乎闪出了弯月和小星星。

未等到曲终人散，我早已先行打起瞌睡来，奶奶只得停止看戏，用三轮车驮着我回家去。

（三）

爷爷是体弱多病的，一旦有个刮风下雨的天，基本就得躺在床上休息了，所以家中重担几乎落在了奶奶一个人的肩膀上。

麦田望不到边。

奶奶在麦田里，用自己搬运来的水管似的东西，接通水源，往田地里浇灌着。她只得快速移动，因为浇少了长不出，浇多了庄稼就被淹死了，那个水管又无法准确控制出水量的大小。这是春耕时，秋收时她又会操持一把镰刀，对着望不到边的麦田收割，像一头绵羊啃食草原上的青草那般。

衣服洗了又脏。

奶奶起初会在河边洗衣服，河水虽然未必完全清澈，却比脏衣服干净。后来，她被科普了一番，再加之有了一次在河边头晕站不稳的可怕经历，便回到了庭院里，用自来水洗衣服。她常说："这衣服，脏了又洗，洗了又脏，跟人饿了又吃、吃了又饿似的。"

车子吱吱呀呀。奶奶的三轮车，已经十几年没有换过。轮胎被戳破过，虽然进行了局部修补，但总觉得越骑越费劲儿。前面有一个用来刹车的把手，一旦使用，就会发出"嘶——"的声音。一骑上去，那声音像厨房里头的老鼠在吱吱叫。

更多的时候，她还是端坐在院子里。四周的空气仿佛凝滞着，给她的身体打上了一层无形的框。

我问："想我爸吗？"

奶奶答："想。"

我问："您恨他吗？"

奶奶答："他要挣钱养家。"

某天夜里，乡风吹得很大很大，把蝉鸣声吹进了窗户里面。奶奶嘴里忽然念念有词地说着"嘚儿，驾……"。我闻声赶来，发现睡梦中的奶奶身体止不住地动着，四肢把床单搅得很乱。爷爷和我同时喊醒了她。她说自己梦见骑马时候的事情了，爷爷说："明天再说，先睡觉休息。"

第二天一早，奶奶告诉我，她还是很怀念那段骑马的日子的，以至于昨晚做了一个关于骑马的梦。她梦见自己一会儿在小溪上，一会儿在旷野间，一会儿又在山脊上，背靠着漫天繁星骑马，清清爽爽的自然风从耳边刮过，马儿传来阵阵欢快的嘶鸣声。用她的话说，“那感觉很刺激，很爽快”。

我说：“您这是想要自由了吧？要么明天我们出村子逛逛。”

奶奶说：“我耳边经常有两个声音，一个声音说‘你走出去，走出这个院子，你就和以前一样自由快活了’，而另一个声音说‘你要是闯出去了，日子只会更难过’。唉，我老了，还有很多事情要做，不得不认怂。”

我说：“您瞅瞅，隔壁巫太太就经常去县城里头逛了。”

奶奶说：“她不老实。我呀，宁可像匹矮脚马，最少呀，比那些花里胡哨的往自己脸上贴金的人顶用！”

我见奶奶好像对隔壁巫太太有什么不满，便也没有继续说下去。

暑假过后，我就被父母接回家了。我和父母说明了情况，父母在征求奶奶的意见之后，说：“走，寒假，带奶奶去云南古城看马。”

（四）

父母、奶奶和我到了云南古城之后，原以为会遇到奶奶口中曾经的同行老伙计们。却不知是何原因，他们全都不在那边营生了，而是换了一批新的人。

奶奶走到马匹跟前，对着马儿跃跃欲试，两眼放光，嘴巴惊奇地张着，好像寻回了年轻时熟悉的感觉。

父亲开玩笑式地问奶奶：“骑不骑马？”

奶奶：“我多大了还骑马？”

父亲说：“您就算想骑，儿还不敢让您骑呢。”

于是，我摩拳擦掌，打算骑马。

起初，我比较胆小，又比较恐高，毕竟马的腿都快到我的头顶那么高了。做这个生意的老人让我到台阶那边去，先上几层台阶，再骑到马背上。我照做，成功上马。我比较胖，一坐上去，这个马的腰就往下弯了一些弧度。

老人牵着马绳，我骑着马，绕着古城开始走。这个马由于实在不堪重负，竟中途开始排泄，这令我始料未及。跟在一旁的奶奶心疼地说："你快下来，快下来，马儿吃不消了。"做生意的老人说："没事，以前也出现过这种情况，既然你们花了钱，肯定带你们走完全程。"

奶奶说："不坐了，我们不坐了。放心，不用你退一分钱。"说着，便把我拉下马来。

于是作罢。

返家途中，我打趣道："奶奶您杀鸡的时候，白刀子进红刀子出，眼皮都不眨一下的，怎么一匹马让您心疼成这样？"

奶奶说："大胆！马有灵性，怎么能和别的比！"

父母朝我使了个眼色，我便不再说了。但我仍然记得，奶奶在古城里望向那些马儿时的眼神，像是一个十七八岁的少女望向满树的梨花，又像是在用温柔的眼神抚摸自己的某位旧友。想来，奶奶年轻时候陪伴她最多的，便是马儿了。她眼里的马儿，自然和我们眼里的不一样。

本次云南之旅，我们一家还去了蓝月谷。奶奶虽然是土生土长的云南人，之前却也没到过这个地方，须知好多外省人都来打卡过。而她，甚至都不知道"打卡"是什么意思，看见眼前晃荡着的一湖湛蓝色时，她也只是说："不丑，不丑。"她又说起她的马儿，她说这样高的山，只有她和她的滇马能够上去。

只是，此行一结束，她又得回到村子里、院子里，继续生活了。

（五）

又是一年暑假，我回到了村子里。角落里的三轮车又掉了几层漆，让人担心它会随时报废。奶奶很少叹气了。麦田望不到边，她照样种满庄稼，又悉数收割，像一只猫用一年四季的时间征服了整片森林；衣服脏了又洗，奶奶除了过年，也不买新衣服，旧衣服穿在身上朴素温馨；车子吱吱呀呀，她却用这个代步，跨越了诸多泥泞，驶过了八千里路云和月。

某次，大雨倾盆而至，鸡窝塌了，鸡儿满院子乱窜。爷爷奶奶就赶紧重新搭建、修补鸡窝，而我呢，则看着那些撒了欢的鸡，不能让它们逃出这个院子。我一边把鸡往回赶，一边哈哈大笑："奶奶呀，它们也要自由呢。"

奶奶嗔怪："别开玩笑。你给它们自由，今年就吃不上鸡蛋。"

太阳出来了，鸡窝又重新搭好了。奶奶拎着鸡的翅膀，一手一只，往鸡窝里一送，把竹栅栏做的门一关。地上散落了一些鸡毛，一点点薄薄的积水正在被阳光快速烘干，整个大地好似蒸笼。只见奶奶把袖子高高撸起，胳膊上是因常年做事情而攀上去的青筋，她的脸上出了一些汗，表情异乎平常地松弛开来，张着嘴微微喘气。奶奶胜利式地举起手臂，说："小场面，一切都是小场面。"

父亲在城里薪水尚可，在奶奶眼里是个绝对有出息的人。奶奶也总是和乡亲们吹嘘自己的儿子多么厉害，每到这时，她总是很神气，周围的乡亲们也很服气。

奶奶还爱吹嘘自己过去骑马的经历，但在乡亲们眼里，这种较

“野”的经历登不上台面，没什么好夸耀的，便不买她的这个账。奶奶说到骑马经历时，起初神采奕奕，来回踮着脚尖踱着步讲，俨然一个神奇的女将军，但见到众人的反应之后，便也不对外人说了，而是在饭桌上对自己的家人讲。在她平凡的一生中，那段经历绝对是够刺激、够威风、够浓墨重彩的一段。

听说，村东头又有人来唱戏了。

我本想自己步行了去，奶奶说：“不行，新鞋走脏了，闹心。”我当时说：“我都七八岁了，怎么还要您送啊？新鞋脏了的话，我洗。”奶奶说：“你洗？你洗不干净的。没事，我驮得动你。”我执拗不过，只得上了三轮车。

遇到崎岖不平的路段，我悄悄下了车，想减轻奶奶的负担，奶奶却察觉到了，让我重新坐上车，上拱桥的时候再下来。

上拱桥。奶奶背往前一弓，我跳下车来，她深一脚浅一脚地踩着脚踏板，整个身子离开车座，双脚使劲，我也用力推着三轮车往上走。三轮车老旧，吱吱呀呀的声音很刺耳，却更加激起了我和奶奶的斗志和热情。快要到达拱桥最顶点的时候，也是最难上的时候，奶奶站起身来，左脚使劲，奋力往下一跺，我也铆足劲了往上一抬，车子成功到达拱桥最高处。这时，若是不赶紧坐上去，只怕三轮车会直接滚下拱桥。我瞅准时机，抓紧一跃，往车后端一坐，风沙从耳边呼啸而过。奶奶左手拉住刹车用的把手，车子发出“嘶——”的响声。

祖孙俩就这样渡过了最难过的关，继续走在前往戏台的路上。

我忽然想起，去县城赶集的时候，我和奶奶也是这样打配合。那时候，三轮车上有不少货物，难度会高一些，而我俩已经驾轻就熟。

毕竟，她曾是骑马的女人。

现在也是。

日历成诗

（一）

从小学会写作文开始，我就有了写日记的习惯，多的时候两三百字，少的时候几十个字，洋洋洒洒写在日记本上。我的日子，就这么紧锣密鼓地排列着。后来，我和爷爷同住了一段岁月，发现爷爷也爱每晚记一些东西，只不过是将其直接记在日历上。他故意买了较大的日历，以便每个数字旁边有足够的空白。我留意到，当他将日历翻页的时候，总是望着日历，眼里略带酸涩，又显空旷，仿佛在想：哦，又过去了一个月了。

后来，我对写作文的钻研逐渐加深，倘若用心去写，每篇日记也能达到近一千字了，但每天真正留给我写日记的时间却少之又少。尤其备战高考的那段时间，时间紧张又宝贵，根本没有时间和精力写日记，我便学着爷爷，在日历上简单记录一些东西，比如“退步了，要加油”“保持住”“倒计时十九天了”。可以说，日历成了我那段时间的氧气瓶，每当学到压抑难受的时候，也是每天很晚的时候了，只要在日历上写下一些东西，那些文字似乎闪着光一样，给我无穷无尽的力量。每晚头碰到枕头时，想起在日历上写下的豪言壮语，便能快速入眠，满怀希望地奔赴下一个明天。

备战高考时，我总是想，就这么一段时间，过去了，就都好了。

后来，我如愿考上了一所本科院校，学习中文，这才发现，比山顶的璀璨风景更美丽的是，来时路途中的一步一个脚印。日历里的记录，承载了我的诸多笑泪回忆，竟那么动人。到了大学之后，时间宽松了，我没有忘记在日历上写东西的好习惯，如果实在有很多的话想写，那么便偶尔写一篇日记，在纸上打开自己的话匣子。

（二）

电线上的麻雀就像动人的音符，正如我在日历上记下的那些或难忘或刺激的事情。也许是因为，自认为年少应与平淡相斥。

比如父母有一次去青岛旅游，他们报了旅行团，但认为我应该在家收心，准备开学，便没有让我一起去。一家人共同旅游的机会不多，正处于叛逆期的我便自己在网上搜索行程，规划路线，订票、整理行李，一天半之后，竟也跟上了父母的脚步，出现在了青岛。母亲嗔怪道："哎，你就跟个口香糖一样，甩都甩不掉！"

那一次，我依然随身带着日历。第一天记下的词是"自己去青岛"，后来几天便是"和家人旅游"。我的日历和我的人生词典一样，容不下平淡与碌碌无为。

爷爷在日历上记的东西往往趋于日常的家长里短，比如"今天吃鱼""买了件冬衣""明天去修车"等，日历因此还兼有了备忘录的功能。这样的关键词似乎与他的人生一样，水波不兴，平平淡淡的，好像一眼就能望到头。

直到后来，我的人生经历增加了，阅历也越来越丰富，我才知道，平淡过一生才是人们的常态。

（三）

爷爷和我吵过一次架，那是唯一的一次，却令我至今难忘。

当时，我过生日，想吃野菜炒鸡蛋，倒不是这道菜多名贵，而是我就好这一口。爷爷去菜市场买菜，野菜却被别人买光了，他就自作主张地把野菜换成了青椒，中午做了一道青椒炒鸡蛋给我吃。那段时间，我刚进入青春期，脸上长了不少青春痘，一点辣都不能碰。痘痘在脸上疯长个不停，本就令我烦心，再加上生日这天吃不到自己喜欢吃的菜，偏偏野菜还被换成了辣的青椒，我便撂下碗筷，和爷爷吵了一架。

那天晚上，我的怒气尚未消散，便在日历上写下：爷爷不给我做喜欢吃的菜，生日这天还做辣的给我吃。字里行间满是埋怨。那一天的怨气，那一个格子都快挤不下了。

后来，我还和爷爷冷战了好几天，见面我也是爱答不理的。爷爷知道我的性子执拗，也不多说什么，只是叹气。

某天，偶然间，我看见爷爷的日历正放在他的桌子上。我心想，我倒要看看他那天要为自己辩护些什么，便前去看了他的日历。他的日历上一行大字赫然闯入我的眼帘：我错了，没早起给孙子买野菜，他生日也过得不开心了。

一生坚强的爷爷，居然在日历上写下“我错了”三个字，我错愕于此，更加错愕于自己因为一盘菜生了爷爷这么久的气。

而我生日之后那几天的日历格子里，爷爷写的是“孙子今天没理我”“孙子今天还没和我说话”“孙子今天朝我笑了一下”。我忽然意识到，我在爷爷心中的分量有多重，而我所有的傲气与傲娇，无非是被偏爱的都有恃无恐而已，都只是在糟践他老人家手捧出来的赤裸裸的真心而已。

从那以后，我再也没有和爷爷吵过架。爷爷耳背，我说什么话，他都要习惯性地“啊”个几声，再作回答。之前我也说到过他这一点，在那之后，我都是尝试着去接受并适应。因为我知道，一旦我和爷爷置气了，他老人家头顶的那片天就变灰了。我希望他的日历上永远不会因为我，而变得阴雨绵绵。

（四）

后来，我到了去县城里上高中的年龄，便离开爷爷，跟随父母居住了。高中学业紧，很少回家。临行前，爷爷给我准备了很多厚实的毛线衣，虽然外观有些土气，但却十分贴身保暖。“临行密密缝，意恐迟迟归”，想必指的就是这个吧，我曾以为乡村会是我的羁绊，现在看来，那一段缘是我和爷爷祖孙俩的亲情纽带。

高三那段日子，我的学业是尤其紧张的。爷爷常傍晚的时候打电话给父母，问家里好不好，问我怎么样，父母显得有些不耐烦，因为爷爷有时一天打两三个电话，他们又有工作在身，搪塞几句便挂掉了。爷爷知道我有手机，便主要打电话给我，我尽量保持住耐心，但爷爷总是依依不舍，在电话那头无话也要扯出许多话头子来，教我也不耐烦了。后来，爷爷大概是感受到了我们对他频繁的电话来袭的抵触情绪，便少有电话打过来了。

清明节的时候，我们回家了一趟，我特别关注了爷爷的日历上又记了些什么。他的日历很多格子都空着，大概一周一次，会记一下“打过电话了”，有规律可循。这里的“打过电话了”应该指的是打过电话给我们了，之所以保持一周一次的节奏，大概是怕我们嫌他电话过多而太烦。

爷爷要给我们做饭，父母哪里肯，他们自己去灶房里展示厨艺去了，让爷爷在房间里等着吃就行了。爷爷又在日历上写了一些东西，随后去房间更靠里的位置找一些囤积的“好宝贝”，给父母带回去贴补贴补。

我凑近一看，爷爷这次在稀稀疏疏的日历格子上写的是“家人回来了”。

我坐在椅子上，想象自己就是爷爷。日复一日，年复一年，守在这个院子里，坐在这个椅子上。坐累了便起来活动活动，然后接着静坐，偶遇邻居路过可以搭搭话茬。等到太阳落山，便回去睡觉，结束这乏味且冗长的一天。唯一值得期盼的，便是每次和家人通电话的时间，他还要珍惜这一周一次的“机会”，唯恐滥用了之后，家人会因嫌弃他话多而太烦。至于家人们回家看望他，那更是一次类似于节日般的隆重惊喜，可遇不可求。

从那以后，我便主动和爷爷每天打一次电话，抽空便会回一次老家。似乎路程也没有那么遥远，老家也没有那么枯燥。因为我知道，我这里的日历上每多一次“打过电话了”，爷爷那头的日历上就会多一笔“打电话过来了”；我这里每多一次“回老家了”，爷爷那头的日历上就会多一笔“家人们回来了”。

稻子弯腰

（一）

我爱管我爹叫“刘弯人”。之所以有这么个别扭的昵称，是因为我爹总是喜欢放低姿态，对人毕恭毕敬。比如，今天和一个远房亲戚见面了，他与其握手时必然弯腰鞠躬，就差九十度折腰了。

清明的时候，我们一家三口回老家祭祖，要到田野里的坟头上行磕头礼。爹再三叮嘱：“小心着点哦，别踩到邻居家田里的庄稼！”然而这一大片田地的分界线并不明朗，多多少少总会在这条去往坟头的必经之路上踩坏一些庄稼，其中绝大部分是自家的，还有一些则是邻居家的。

邻居家小孩一旦发现自家农作物被踩坏了，不管坏了的是多是少，都会飞奔回家告状。邻居家的大人们赶来了，要个说法，爹总是鞠躬道歉打哈哈，争取得到邻居们的谅解。我看着却不服地噘起嘴巴——明明是邻居们种田不规范，把前往坟头的路堵死了，为什么反倒要我们一家子先服软认错？

鞠躬时，爹的目光只敢往下看，头一直点着，这教我越看越感觉违和。大丈夫生来顶天立地，怎可尽作懦夫态？

后来，我和村子里玩得来的小孩子阿秋玩打卡片游戏。规则很简单：将卡片掷到地上，如果能够成功让对方的卡片翻个面，则胜利，对方此卡片归自己所有，充当战利品。阿秋是个新手，所以大概玩了半个小时之后，我从他那边赢了不少卡片。正当我开心满怀地回家时，阿秋的母亲却找了过来，拦住了我回家的去路，大声质问我：“你凭什么抢我家小孩的卡片？”

我理直气壮地说：“游戏规则如此，怎么能说我是‘抢’呢？”这时，我爹也来了，连忙弯下腰来赔礼道歉，同时大声呵斥我将赢来的战利品悉数归还。我气愤极了，将所有卡片狠狠地掷在地上：“一个泼妇，一个懦夫！”说完，头也不回地跑回家去了，泪水淌了一路。

我不想回头看，因为那个“懦夫”肯定还在不停地弯腰。同样是为人父母，为什么我爹总是枪口对准自己人？我这么想着。

不知不觉，夜深了，我脑子里杂乱的思绪也随着睡意来袭而暂时被冰封，至于泪水会不会在枕头上留下难以清洗干净的痕迹，我没有太在意。

（二）

转眼间，我到了上学的年纪，即将前往县城求学。告别乡村的前一天，爹带着我到麦田里谈心。那晚，凉风习习，诡谲的云竟有一丝神秘的美感，好似有湿漉漉的水挂在月牙尖上。爹给我讲了许多道理，比如艰辛的求学之路需要我越挫越勇，比如要和老师同学们处好关系，其中他千叮咛万嘱咐的，是凡事不可太执拗，不可太由着自己的性子来。而我打小就笃信一个道理，那就是如果认准了目标，就要径直奔跑过去，不迂回、不转弯，比如想要凿地挖水，只要钻得够深，终有一天总是能触及地下水的。

爹见我眉头紧锁，看穿了我内心并不接受他所说的道理，问我："你觉得今晚的月亮怎么样？"

我说："美则美矣，却不如大圆月端庄美满。"

爹摇了摇头："凡事皆有规则，有的事，不是你的意志多强烈、行动多激烈就可以达到目的的。比如这月亮，你无法将它在今夜变成圆的。"

我偏不信邪，盯着天上的月牙，好似盯的时间够久，就能够捕捉到弯月变成圆月的瞬间。然而，天公不作美，云朵层层遮住，能看到的月亮部分越来越狭小，月牙弯的幅度像一个弯着的人。我气急了，因为以今夜的月亮为论据的话，在我和爹这种无形的观念对峙中，我处于下风。我刚想用手指天，却被爹攥住了手。

"等秋天的时候，我带你来看看稻子。"爹意味深长地说。

（三）

在县城上学的日子，充实而清淡。烈日炎炎，蝉鸣声声，那一天，我起床晚了，眼看着就要迟到，已经来不及等开水凉好之后服用维生素片了，索性将开水装进水瓶里，将维生素片往包里一塞，便匆匆赶去上学。

当时正逢负责语文教学的张老师上第一节课，我不想误了时辰服用维生素片，所以在她上课的时候，我打开已经刚好凉至温热的水瓶，取出一片维生素片，准备吞咽下去，却被张老师逮了个正着。

张老师径直走过来，询问：“你怎么能在上课的时候随意做小动作？还有，你现在准备吞下去的是什么？是钙片还是什么药物？”

头顶的大电风扇呼啦呼啦地发出刺耳的声音，我不耐烦地反问道：“我喝口水都不行吗？”

张老师脸色顿时铁青：“老师这是在关心你。如果你身体不舒服，我会找人把你送去医务室，你就是这么蛮横地对别人说话的吗？交流时最起码的尊重和礼貌要有吧？”

年轻气盛的我依然“理直气壮”：“多谢您的关心了，您好好上课就行！”

张老师的脸色更加难看了，但强压住了自己的怒火，继续上课。课后，她打了个电话，联系了我爹。

在教师办公室里，爹又是止不住地朝着张老师鞠躬作揖，同时按了按我的肩部，让我也弯腰赔罪，为自己不正当的言行向老师认个错。我经过思考，确实认清了课上发生的事过错在于我，但是我的头依然高昂着，像一面飞扬的旗帜，绝不让步。

突然，随着微弱而清脆的一声响，爹的脸色乍然变得很难看，豆大的汗珠往下掉着，他扶着腰想要活动一下，努力地想要重获大脑对腰部行动的支配权，却好像断了其中几条线的提线木偶一样，身子不听使唤。张老师和我赶紧把爹搀扶到了医务室，医务室的诊断是长时间疲惫与不规律运动所导致的腰椎间盘突出。

医生说：“冰冻三尺非一日之寒，你前段时间是否感到腰部不适？”

爹强忍住疼痛，不规律地喘着粗气，说：“腰部疼痛难忍已经一个多月了，只不过我撑得住，没事的。”

医生随即问道：“那么这最后一根稻草是什么？你刚才几个小

时内做了什么？”

我望着爹，泪水突然夺眶而出。

（四）

秋季到了，饱满的稻子们弯了腰，是丰收的时候了。爹说：“你看，成熟的稻子都是弯着腰的。”我若有所思。

爹的腰部经过一系列的治疗，已经可以勉强自如活动了，但是真正发力时还是会隐隐作痛。爹想帮着自家表哥收割农作物，却使不上力气，生怕过于疲惫而导致自己的腰部病情复发甚至恶化。这时，我主动请缨，帮助爹的表哥收割农作物，而爹只是站在旁边看着。

我想起一个忘年交医生说过的几句话，虽然很朴实，但是却很有道理——某个地方越是觉得脆弱不中用，越是要活动起来，要相信自己的身体能适应好、进化好，不然就和机器一样，真的生锈了。这种事越怕越不行。

我对爹说：“爹，你要发挥自己的主观能动性。如果你希望你的腰好起来的话，一定不能把病魔看得太可怕，那样反而不利于自己的身体向好。”

爹点了点头，和我一起忙碌起来。爹的手法很老练，效率很高，毕竟是在农村长大的，可以看出他从小就很勤劳。忙活了五六分钟，爹的眉头微微皱起来，可能是腰部感到不适了。我一开始幸灾乐祸地以为爹在浮夸地装模作样，毕竟哪有干了几分钟就干不动的，但我紧接着就把爹搀扶到了一旁的木凳子上。

爹坐上木凳后，欣慰地笑了。小时候我对爹总是故作漠不关心的样子，今天这个孝顺的举动令他无比幸福与宽慰。爹说：“儿子，你说得对，我不能太迁就我的腰板了，我会慢慢改好的。”

收完麦子之后，我给爹捏了捏肩，轻轻地捶了捶腰。爹眯起眼睛，没有道谢。他头发上已经沾染了一些岁月的白色，刺得我眼睛生疼。

（五）

双休日，我和爹一起去电影院看电影。观影途中，我坐的椅子一直被后排的人踢得晃个不停。

我望向爹，他抿紧嘴，若无其事，默不作声。

我心想，这后面坐的人真没素质，他敢再踢一下，我就自己挪位到他后一排去坐，也好好踢一踢他的凳子，以其人之道还治其人之身。

爹大概看出了我不打算再忍，后排的再踢我的时候，坐在我左手边的他立马在座位上扭了下屁股，故意让我误会成椅子震动不是后排的人在踢，而是同排的他在乱动。

后排的人又踢了一脚，我明显感到身后有一股力向前使了过来。爹又极机敏地在原座位迅速大幅度挪动了两下身子。

他确实是这样的人了，对我足够包容，对外人也足够善良，大部分情况下不会对任何一方采取强制力。

我望着他坐立不安、从中周旋的模样，觉得有些滑稽，又有些感动，遂放弃了与后排的人激化矛盾的想法。

（六）

一年一度的征文大赛开始了，张老师是监考老师。事先我打探过对手们的实力，说句实在话，虽然高手如云，我也照样信心满满，但是令我有些“闻风丧胆”的是被称为“文神”的大慧。听说她是常胜将军，文学素养极高，但有些恃才傲物。

竞赛考场。考试卷子发下来之后，我心里犯了嘀咕。作文题目是这样的：“很多事情，我们身在其中，却看不清真相，因为真相有时‘犹抱琵琶半遮面’，而当我们转换多种思路，一个最接近现实的真相就会浮出水面。请阅读上述文字之后，谈谈自己的想法，以此为主题，写一篇文章。”

我的疑惑是，此题意为陷入局中之人看不清真相，这可以更简短地表达出来，而此作文题目里提供的这段话在我眼里有些偏长。但我决定重新钻研下题目，挖掘其中更多的信息，展开丰富的联想，提供有新意的文本。

正当我准备第二遍审题时，大慧却突然质问监考老师：“这题目有问题！明明可以用‘不识庐山真面目，只缘身在此山中’来更好地表达意思，为何要用‘犹抱琵琶半遮面’？这不对！”

张老师有些震惊，震惊于大慧说话的语气和态度，她说道：“这位同学，请你仔细审题之后再下定论。”

大慧声音更大了：“难道我说的有错吗？”她高昂着头。

竞赛考场里，参赛选手们的思路都被打断了，开始议论纷纷。为了维持考场纪律，张老师不得不作出解释：“所谓‘不识庐山真面目，只缘身在此山中’，往往指跳出迷宫才可得知真相，而‘犹抱琵琶半遮面’，体现了矛盾是动态的，真相是要跳进去揣摩观察的，两者有着微妙的差别。我所作的解释是想说这并不是出题事故，鉴于这属于竞赛内容本身的问题，我不便再进行更详细的解读。这位同学，请你好好竞赛，不要影响到他人，否则我将请你出去了。”

大慧没好气地翻了个白眼，瞪了瞪张老师，把头埋下去，并不用时间去审题和构思，而是直接开始写作。从她龙凤飞舞的挥笔动作就可以看出，她把所有因为刚才的闹剧而造成尴尬的怨气全发泄在考卷上了。竞赛时间为两个小时，但是半小时后可提前交卷，大慧刚到第三十分钟，便把试卷往交卷桌上一甩，头也不回地径直出去了。

竞赛结果出来时，我感到惊喜——我是第一名！欣喜若狂的我突然想到，如果我爹没有言传身教“麦穗弯腰”的寓言般的道理，可能我会拒绝二次审题，而是直接和监考老师吵得不可开交，影响我竞赛时的水平。也不知道，爹最近的腰恢复得怎么样了呢？我静静地想着。

在领奖台上时，我满脸笑容地轻轻弯下腰行礼，接过奖杯，颁奖的老师也报以肯定的笑容，主动和我握了握手。转身，我面向台下的同学们和家长们，他们对我投以认可与羡慕的目光，掌声雷动。

有一个人鼓掌的幅度特别大，在人群中特别抢眼。只见那人笔直地站着，脸上挂着不一样的笑容，抬头挺胸，似乎比我本人还要感到自豪。

我仔细一看，那人站得笔挺。是父亲！

细碎的亲情光芒

时光步步推移，我的身姿逐渐健壮，看起来意气风发，而我的长辈们却青春不再。自从爷爷奶奶去世之后，逢年过节，包括双休日，我唯一的去处便是外公外婆家，即我的老家。老家自从翻新过后，变得更加宽敞了，可供使用、消遣的空间更多，但是由于两位老人的双鬓逐渐被岁月催白，他们也不愿打理那些闲置的土地及房间。

而人本就是需要经常活动筋骨的，否则越是怕活动，身体越脆弱。父母曾经建议外婆重新开个小卖铺，像以前一样，但两位老人表示不愿意再做这些烦心事儿了。回到家中看他们时，他们的动作举止越来越迟缓，尤其是外婆，连起身都略显吃力。这让我们心急如焚。之前她经营小店铺的时候，由于需要不断忙活，身体是很硬朗的。

我的母亲对两位老人说："你们不如种点韭菜吧，多动起来。"两位老人不太情愿，母亲说："你们忘了我喜欢吃韭菜吗？你们就当为我种的呗。爸，妈，你们就把我当小孩儿一样再照顾照顾呗。"

外婆笑了："在我眼里，你们三个子女永远都是小孩子呀。好好好，我来种。"

等下一次回老家时，原本空荡荡的田里果然种上了蔬菜，外公外婆的精气神也肉眼可见地变好了。我们晚辈看在眼里，乐在心里。

父亲等人还安排人给老家庭院里的土地上种植了橘子树。橘子成熟的时候，姨娘、舅舅和我的父母，也就是外公外婆的晚辈们，在外公的指导下摘橘子。哪个橘子熟了可以摘，哪个橘子还不到摘的时候，外公俨然成了一个“指挥官”。

父亲等人虽然平时在工作岗位上威信十足，但是此刻在白发苍苍的外公面前，却完全听从外公的“指令”，指哪儿打哪儿。将橘子采摘下来之后，父亲等人把橘子递给外公，却发现其中有几个看上去品质不太好的，便想挑出来丢掉，外公有些舍不得，赶紧拦住。父亲说：“放心吧，我们不丢掉，我们自己带回去吃。”外公乐呵呵的，和他们笑着回屋去了。

外婆是个很节俭的人，她的三个子女带回来的零食等东西，她几乎全然不动，谎称自己不爱吃。她记得母亲爱吃核桃，每当我和母亲、父亲回来时，便把姨娘带给她的核桃送给母亲。而母亲带回去的牛奶等，下一次回家时也是消失不见了的，若不是被两位老人享用了，便是他们赠给了其他爱喝牛奶的晚辈们了。后者更具可能性。

老人们都是这样子的，哪有为自己的，全是把好的东西省下来给晚辈们的。为了让子女们过上好日子，他们宁愿让自己累一些。这橘子树、田地里的韭菜以及房间里来来往往的零食，便是亲情之光在闪耀，这光照耀在我们一家人脸上，细碎而温暖。

辑三

青涩事

“流水账”

早晨七点

在广陵学院，大四的学生是不被强制要求上早自习的，不过由于之前已经养成了晨起学习的习惯，所以自然不会赖床。有就在宿舍里学习的，也有怕动静吵到舍友，带着书本去操场上背的。

我和朋友阿飞就属于后者。两个人从未约好一起去操场背书，却总能在操场上相遇。晨起的第一缕阳光如此透明，混合着田园猫的气息和空气里的花草清香，普照在每一个晨起的大学生脸上。阿飞往往比我起得更早，我俩交情很深，进了操场，不必寒暄，他只是朝着我挥一挥自己手中的书，便算是问候过了。

站着背书是最提神的，明明是小学阶段最害怕的语文老师的惩罚方式，现在用来提高背书效率却最为适用。站累了，可以去操场看台上坐一会儿，一边轻轻捶打大腿，一边继续诵读。“一日之计在于晨”，早晨开个好头，整个一天都不会太懈怠。

早晨八点

学校食堂里有甜滋滋的豆浆，用杯子装的可以用手捧着喝，用碗盛的可以坐下来慢慢喝。我一般不赶时间，都是七点半左右去喝一大碗豆浆，才两元，划算得很。豆浆喝下去，整个身体都燃起了温暖的感觉。

早晨八点便到了上课时间。在备考专升本期间，我猜测过，本科院校里的老师会不会全是那种戴着很厚老花镜的老爷爷老太太?而事实上，广陵学院的教师们，年轻的帅哥靓女比较多，老教师也不会令人觉得暮气沉沉的，都很有活力，讲课也不死板。学习氛围比我在上专科的时候好上许多，大家都认真听课、做笔记，黑板上老师的板书有多漂亮，笔记上学生的字迹就有多工整。

广陵学院文法系的教师们阵容配置就更强大了，我们这一届，有两个专升本的班级，而配备的老师中不乏扬州大学校本部文学院的硕士研究生导师。我常常打趣：“专科开局，硕士待遇。”

中午十二点

打篮球，我纯属新手，也是心血来潮。每个篮球架子下都有四五个男生女生在打球，我便也加入了他们的行列，活动活动筋骨。我先是组队比赛了一段时间，后来发现自己实在技术跟不上，连最基本的传球都不会，便在中午十二点人少的时候，独自练一练篮球基本功——运球、投篮。

不知道是不是每个学文的男生体育都不太好，反正我是的。我的手掌很小，手指却很纤长，把运球变成了抓球。旁边有一个懂球的兄弟告诉我，刚开始的时候不能这么练，否则练成了习惯，这些小动作就很难纠正过来了。别的人——球跟着手走；我——人追着球跑。

接下来便是练习投篮环节。框下投篮对于我而言还是没有太大压力的，三分球又挑战难度太大，所以我主要练的是二分球。我试着连投了十几个，一个投中的都没有。我转过头，幸好球场上的其他人都在忙着打自己的球，也看出来了我是个新手，并没有笑话我。

这时，一个学弟看不下去了，走过来给我做示范，他说："两只手触到球，比一只手投篮平衡感好很多。另外，不是瞄准球筐，而是瞄准球筐上画好的长方形，这样更容易投中。"

我又试着投了几下，果然中了两次。这时，有一个我暗恋的女生路过篮球场，我本想在她面前露一手，连投了三个，却一个都没中。等到用余光看到她已经走远了，我懊恼地又闭着眼睛投了一个。好了，投进了。

下午四点半

下午四点半的时候，课已经结束了，我会骑着校门口的小黄车，前往扬州大学校本部瘦西湖校区，去那儿逛一逛，体验别处风光。广陵学院的学生是不用担心进不去的，刷学生卡即可，因为学生卡在广陵学院和校本部各校区之间是通用的。

我最喜欢的还是瘦西湖校区的图书馆。第一次进去的时候，只觉得里面藏书很多，旧书、绝版书不少。我偏爱于逛文学类书籍那一区域，发现竟有"五四"时期的一些老书，比如《湖畔诗集》等。这些书磨损度较高，可以想见其年代久远，中途又被多少学生翻阅过。

天色将晚，我便会心满意足地骑车回广陵学院。

傍晚六点

吃完了晚餐，就可以去“扬大酸奶”售卖处买一瓶酸奶。这是扬州大学自制的酸奶，在全国都非常有名，广陵学院也有一个专卖点，物美价廉，属于师生们的福利之一。我最喜欢茉莉花味的扬大酸奶，冰冰甜甜的，仿佛把一朵洁净的茉莉花直接化作水，饮进了肚子里。

西门前，有一条很宽的大道，被命名为“彩虹大道”。在这里拍落日，可谓一绝。这时，下午第七八节有课的同学们也刚好下课，会路过这一处风景绝佳地。

一轮落日，精巧地落在远方横横竖竖的建筑物之上，浑圆且柔滑，一点点沿着抛物线向下移动，渐渐遁入地平线以下。整个西方都被落日点染成红色，云仿佛从太阳哀婉的肺里吞吐出来的烟。烟云晚霞，绯红粉黛，渐次陈列。它又是动态的，一点接着一点收拢回去，又弥漫开来，带着温柔的情绪和末世的电影感。

这时，同学们会纷纷驻足欣赏，掏出手机，咔嚓一声，将落日未落之时，定格成永远。

夜晚八点

吃过晚饭之后，学了数个小时，大学里不似高三那么紧张，总归可以休息一段时间。这时候，前往操场，或是慢跑锻炼，或是漫步，成了最好的选择。

操场上有踢球的男生，运气好的话，还能遇到街舞社的学生排练节目，或是音乐社的学生们一起唱歌。

舞蹈我是不懂专业欣赏的，只能是“外行看热闹”，只觉得她们充满了青春活力，令人情不自禁地随之摇摆起来，就着快乐的节拍，驱赶走一天的疲惫。她们的动作整齐划一，有一种天然的默契，产生了“1+1+1”大于“3”的效果。

至于音乐社的社员们的轮唱节目，我是有一点发言权的，毕竟自己看过许多音乐综艺节目，在原来的学校也是音乐社里的核心成员。他们唱歌有各自的风格，前一个靓仔唱的歌是 rap，后一个美女便可能来一首复古的老调，你永远也猜不到下一首会是怎样的风格。他们更倾向于唱一些大家都熟知的歌曲，以便到了副歌部分大家可以跟在一起打节拍合唱。

偌大的操场，有绕着外圈竞跑的兄弟朋友，有在足球门框前练习技巧的男生，南边是街舞社的劲舞，北边是音乐社的小型草坪音乐会，他们互不打扰，却构成了广陵学院朝气蓬勃的一面。这股青春热血，足以使整个夜晚的八九点沸腾起来。

而我称这篇文章为“流水账”，一来，确实泛泛而谈了，但二来更重要的是，流水往往节奏明快，这表明我在广陵学院的每一天都特别快乐。而这一天天看似普通平常的“流水账”，构成了我数年的大学生活，填满了日历的每一个角落，日日如此，快乐充实。

操场看台下，音乐社

（一）

我现在就读于本科院校，之前上的是一所大专院校，后来专升本升走了。在现在这所学校就读，一切都太安静了。学校里人来人往，大多是年轻的俊男靓女，可绝大多数只是打个照面，或者是点头一笑，其他再无瓜葛。以前听说过一句话，意思是孤单的人在热闹的地方，会更加感觉到孤单，我也是这样想的。有时，我走在学校里，人声鼎沸，心里却越来越有一种炊烟升起般的空寂感，胸腔里填着淡淡的烟味和哀愁，像一道惨白色里带着一点儿淡蓝的忧郁。学校里是有广播站台的，广播站的位置很隐蔽，大部分同学和我一样，都不知道在哪里，估计是怕有头脑发热的同学上演电影里“勇夺广播站为爱告白”的桥段。广播站的线路却是四通八达，负责广播的同学只需要在那么小小的一个隔间里坐着，按几个按钮，电脑里的音乐便会响彻整个偌大的校园。

这天，我走在校园里，身旁小路边的音响设备里忽然传出音乐声。哦，是一天一次的广播时间到了。音乐是孙燕姿的歌曲《遇见》：

“我遇见谁，会有怎样的对白？我等的人，他在多远的未来？”我忽然想起，那段之前在大专院校备考专升本的日子里，感觉到学累了，日子难熬了，便会打开某音乐 App，听这首歌。当时，我对于周围的一切事物和人都不满意，我承认带有些主观的色彩和偏见了，但他们确实大多不太上进，浑浑噩噩度日，还会看不起热爱学习的人。

那段踽踽独行的日子，我一边备考，一边听这首歌。听到“我遇见谁，会有怎样的对白？我等的人，他在多远的未来”这两句歌词的时候，尽管我的面部表情纹丝不动，但心里总是很有感触，我对于升到本科之后的生活充满了希冀，就像一个被深渊里的泥泞缠绕住的人，仰望着斜坡之上一望无际的草原，奋力往上爬。

而现在，我在某本科院校里的路上走着，依然一个人。那些猜测会出现的良人和温暖对白，并没有如期出现。但我忽然想起来原来大专院校里的音乐社——在操场看台下的那个。

（二）

社团集体招新那天，也是学生会招新的时候。新生们一般是被学生会婉拒了之后，才会去社团那边寻找一个组织，归属一下。而我一开始就没有想过加入学生会，我的理想目标是音乐社，我对音乐社的社长淼哥抱有好感。

这里进行一段补叙，我们土木工程学院实行的是班级助理管事制，由于本系辅导员太少，一个辅导员要带三四个班，所以全部大一班级又配备有一个来自大二的班级助理。我们的班级助理叫帅帅，他有一个兄弟经常来我们班串门，我们班女生本就稀少，每次还都能被那个串门的吸引去了目光。那个串门的便是淼哥。在社团招新日之前，淼哥曾带着他的老社员们在晚自习的时候跑遍全部大一班级进行献唱，试图通过这种办法吸引更多的学弟学妹们加入他的音乐社。他成功做到了。一首带有撕裂感的民谣《斑马，斑马》，令同学们集体拍桌子鼓掌，高呼“厉害”，班里仅有的那几个女生更是爆发出了尖叫声，看着淼哥的眼神仿佛在说“你还有多少惊喜是我们不知道的”。

我原先不知道想进音乐社没有门槛（后来才知道的，只要热爱音乐，并且不是特别五音不全的那种，都是可以加入的），再加之看淼哥坐在招新棚下面吆喝累了，怕他嗓子受损，便买来三瓶饮料，一瓶可乐、一瓶雪碧、一瓶芬达，捧给了淼哥他们。

淼哥推拒：“不行，学弟，这可不行。”

我说：“看你们太热了。”

淼哥也不好一直推辞，便接下来了，而且立马朝着我摇了摇他手里的雪碧，打开就咕咚咕咚喝了起来。

进音乐社，需要进行一个简单的面试，但淼哥几乎没有筛人，面试成了某种意义上的展示和自我介绍，一种摒弃了陈词滥调、只用歌喉介绍自己的自我介绍。我唱的歌是王靖雯的《讨》，由于紧张，我的气息极度不稳，低音沉不下去，几乎都是抖着声音唱完的。淼哥会弹吉他，这首歌也不在话下。我唱歌时，他一会儿敲敲吉他木质的地方，一会儿弹拨几根弦，以配合我唱歌。唱完后，我抬头偷瞄了淼哥一眼，他脸上是灿烂的笑容，并和周围的新老社员们一起鼓起掌来。

那是我成年之后，第一次在众人面前唱歌。小的时候，老师要求节日时每个人必须上台表演一个节目，按理说年龄很小的孩子不懂得害臊，但我从小就紧张。而在音乐社的这次，是我紧张程度最小的一次，可能是因为淼哥和周围的人有的在为我打节拍，有的在为我伴奏，有的在为我和声，整体氛围感很强。我第一次感觉自己像一个乐队主唱一样。唱完后，我退到比水泥平地高出一阶的台阶之下，换下一位新社员上台，我成了打节拍的人群中的一员。

（三）

后来，我成了音乐社的常客，有事没事都会去操场看台下的那个地方坐坐。我身上是沾着一个怪病的，那就是喉咙里总是会含糊不清地发出一些声音，就和有人在悄声说话一样，不由自主。这声音不仅周围的人听着烦，我自己听着也聒噪，倒不是音量很大的那种聒噪，而是像极了夏天蚊子嗡嗡的声音，听多了，便也忍不住想要抓狂地挠挠头皮。

音乐社很好地解决了我这个困扰。你还没走进去，只是靠近，就听见里面有人在弹奏，在唱歌。这里几乎聚集了整个校园最美妙的声音，也从来不缺少声音响起，我的怪病就自然可以被暂时忽视。这个病其实给我带来的困扰还挺大的，我甚至因此不敢在上课的时候和同学们坐在一起，生怕我嘴里默念出的动静对他们造成打扰。我试过别的方法，那就是自主说一些话，这样就能把无意识情况下发出的声音盖过去。至少，自主说话，说话的内容还是可以控制的。

而唱歌的时候，我也是在自主地发出声音，因而暂时没了这个怪病烦恼之后，唱歌便也尤其轻松。

我在音乐社唱的歌，几乎全是王靖雯的歌。她的歌有一种天然的魔力，仿佛就是在唱我自己，歌词写进了我的心坎里。但是我唱的时候，却不尽如人意，低音低不下去，高音也高不起来。

后来，淼哥听出来我唱歌的特点和问题之后，就对我说：“你是男生，怎么一直唱女歌手的歌啊？男唱女歌，那对你而言肯定是有难度的。”

我说：“只是觉得这些歌词写得细腻。”

淼哥问：“除了王靖雯，你还喜欢谁的歌？”

我说：“陈粒。”

淼哥说：“看来，你是注定了男唱女歌。其实，并不是这些歌多么感人，只是你听的时候，歌词和你的心情差不多走到了一起，所以你觉得这些歌很牛。”

我默念了一句：“声无哀乐论。”

淼哥说：“啊？声什么论？”

我说：“没什么。”

不知不觉间，落日已经滚下了学校的高墙。枝头点染的火烧云，就像音乐社外有些男生扔掉的烟头，渐渐燃烧，渐渐熄灭，徒留下无色在枝头挥赶烟雾。另一边，西方大片大片的黛紫色，海洋似的铺过来了。

淼哥说：“我要上厕所。”

操场看台下，除了给热爱音乐的孩子们一块自留地，还有一个公共厕所。只是，操场看台下原本是堆放杂物的地方，后来音乐社的学生们强烈争取，才改成了音乐社场地，因此破破烂烂。墙上的涂鸦与贴的新老社员们合照，倒是努力缝补着这个被过度磨损和冷落的地方。公共厕所也是，少有人打扫，夜晚更是没办法照明——灯是坏的。

我说：“那我？”

淼哥说：“你站在窗户外面，透过窗户用手机上的手电筒照明吧，不然我看不清。”

我乖乖照做了。

这时，一个安保处的大爷骑着电动车路过，大喊一声：“有病啊！”

（四）

这天，淼哥在音乐群里发送了一个通知：“本市将于两个月之后举行一次大学生乐队音乐比赛，请有意加入本人组建的乐队的同学们前来报名，可能会有一轮面试筛选环节。”

乐队？舞台表演？那可真是太酷了。我立马就报了名。

在面试筛选现场，音乐社的副社长王康和淼哥起了争执。

王康先说：“为了节省时间，每个人演唱限时一分半钟。”

淼哥说：“让他们唱完一整首歌吧，否则我听不出什么东西。”

王康说：“你确定吗？面试的二三十个人，每人唱完一整首，这……”

淼哥说：“让他们唱完。”

眼看着两个人要互呛起来了，王康最后还是服了软。其实，真要对垒起来，王康也是不怯淼哥的，甚至还更有优势。因为王康不仅仅是音乐社的副社长，还是社团联合会的秘书长，单凭后者的身份，就足以碾压淼哥了。而淼哥一向只认准了音乐，其他的，都得往后稍稍。

关于本次选学生参加比赛，原本不关各班班级助理的事，可一些班的班级助理还是到了场，美其名曰“前来加油打气”，其实就是想把自己班里的孩子往参赛乐队里送，否则面子上过不去。那些哥们兄弟少的班级助理，就干脆没来比赛场地露脸。王康原本想给班级助理们一些打分权，森哥反问：“平时这么选的比赛还少吗？选出来的人能出去得奖吗？”呛得王康说不出话来。

我唱的歌是孙燕姿的《我不难过》。这已经不是我第一次在众人面前露脸唱歌了，之前在音乐社的时候，操练过很多次，这次虽然人多了一些，但在我的心中还是一样的，都属于公开演唱，不足为惧。我唱完之后，王康皱起了眉头。我当然知道他为什么皱眉，因为我平时除了和音乐社里的森哥和小周兄弟交流比较多之外，和别人都没什么交集，甚至和他这个副社长都没怎么聊过。所以，不管我唱得好还是坏，他都不会心甘情愿地放我进入参赛乐队里。

森哥评论我的演唱道：“虽然没什么技巧，但是感情充沛，声音中带有的哭腔，很贴合这首歌要表达的情感。”

这是森哥第一次在我面前这么正经地说话，也是他第一次夸赞我唱歌。其实，我没有刻意融入什么悲伤的感情进去，只是我唱歌的时候（甚至说话的时候），都会或多或少带有一些与生俱来的哭腔，这也是为什么我偏爱苦情歌。

森哥都这么说了，王康也不好多评价些不好的话，最后，音乐社的“大佬们”让我们这些前来参加海选的同学回去等通知。惊喜的是，我被选上了。

短暂的狂喜之后，又开始忐忑起来。我拖了乐队后腿怎么办？我和乐队里其他人不认识，能配合好吗？我上台的时候紧张了，发挥失常怎么办？

后来，我被森哥喊去操场看台下，和他们在模拟比赛现场排练。森哥说：“我们平时练习，就要和在比赛场地上唱歌一样。”他这话不说还好，一说出来，我连平时练习的时候，演唱声音都在发抖。森哥见状，让我在学校里没有活动的时候，就站在操场的主席台上唱歌排练，专门唱给在操场上跑步的同学们听。

那是我第一次站在操场的主席台上。淼哥见我两腿发抖，也不管我紧张还是不紧张，巧手一拂吉他，伴随着吉他的悦耳声音响起，我立马进入了状态，开始唱歌。唱的歌是《追梦赤子心》，这并非我们乐队的比赛演唱曲目，这次排练纯粹是为了克服我的紧张心理。随着我打开嗓子、调足了音量去唱歌，紧张的情绪瞬间烟消云散。唱完后，我回过头，和淼哥相视一笑。

风轻云淡。云朵在广阔的天边潦草地飘过，留下浅浅的印戳。

心灵间逼仄的枷锁，好像被打开了，舒散开云朵般的心情。站在台上，如此放松，如此美妙。

（五）

后来，由于我生性孤僻，和别的歌手、鼓手实在配合不到一起去，淼哥只能忍痛换人。他拍拍我的背，安慰道："不参加比赛，也没关系。"我说："我给你们鼓掌，就很好。"淼哥说："会说话。"

我违背了承诺。那次他们的演唱比赛，刚好在我专升本考试之前不久。我盘算了一番，如果去到那种喧闹的场所，心绪也会随之浮躁，于是作罢，和往常一样，躲在了宿舍里安静学习。舍友们出去聚餐了，整个房屋短暂地只属于我一个人，安静且美好。书中的世界，裹挟着淡淡墨香，将我包围。

学累了，我去到操场上，溜达了几圈。身边，一个个跑步的人呼啸而过，还有一对对小情侣，走得比我还慢。这时，夜色伴随着一股孤单感，如同无色无形的潮水朝我蔓延过来，将我紧紧围猎。

这时，我又戴上了耳机，点开了孙燕姿的《遇见》，开始单曲循环。

听到“我遇见谁，会有怎样的对白？我等的人，他在多远的未来”这句歌词的时候，我的心头像被洒了柠檬汁一样酸，但在这酸之中，又似乎有一丝丝温暖。

忽然，我看见操场看台下，音乐社的位置亮了起来。是森哥他们回来了。他们这么早就回来了，估计是第一轮初选就被淘汰了。发生这种情况，我也并没有感觉到多么意外，毕竟，扬州市这边音乐高手还是很多的，我之前就去别的学校听过他们唱歌。他们还有专门的声乐老师带，而我们几乎都是自己摸索，甚至音乐社就叫音乐社，连个正经名字都没有。

他们输掉了比赛，心情肯定很差，毕竟排练了这么久，最后却落得一场空。我本想走得远远的，不想这个时候去触碰他们的霉头，却还是被森哥叫住了。他喊我的声音很大，我无法装作没有听见，只得过去。

算了，去就去吧。反正在这个学校也没几天了。等过几天专升本考试结束，我就得毕业离开了。

音乐社里，就森哥一个人，其他人估计都回宿舍了。

森哥喝了一口芬达，说：“唉，输了。”

我默不作声。我不懂得怎样有效社交，也不懂得怎么安慰人。

森哥说：“你唱首歌吧，鹏。”

我说：“《海阔天空》？”

森哥说：“爱听。”

我唱的时候，森哥又和我第一次来音乐社演唱的时候一样，打着节拍。我唱到第二段副歌的时候，他直接丢掉了吉他，用手打起了节拍，到了最后，给我鼓掌。我忽然想起，我来音乐社这么久的日子里演唱了不少曲目了，但大多数时候，都是森哥在为我鼓掌，最少起到了带头的作用。我又不由地想起，从前我身边的同学们嘲笑我书呆子专升本，升上了也是给他们打工的时候，我一开始还有些想笑，可说的人多了之后，不免陷入自我怀疑。是森哥让我坚定自己的理想。那些年，一直都是他在为我鼓掌。

对了，森哥还和我提到过，他小时候沉默寡言，也没什么朋友，他在我身上看到了他的影子。他还说过，他羡慕我的自制力，他知道专升本的好处，但总是忍不住和朋友们一起瞎玩。其实，该是我羡慕他才对。我没朋友，又不爱追剧、打游戏、刷短视频，所以才会把心思都扑在学习上。我时常想，如果我有和森哥一样多的朋友，是不是也无心专升本了？

我说："你也唱首？"

森哥直接唱起了那首孙燕姿的《遇见》。他知道我爱听。一向唱功不错的他，竟然有些跑调，因为他之前从来没有试过男唱女歌。在他的眼里，男唱女歌是忌讳，很容易"翻车"，但他今日不知怎的，竟然愿意在我面前唱起这首歌。

那时的我很木讷，既不知道鼓掌，也没有跟在后面打节拍，只是呆呆地沉默。奇怪的是，我的声音怪病在那一刻居然仿佛消失了似的，或者说被治愈了一样，喉咙口无比的放松，即便自己没有主动吭声，也不会有异响。我只是久久地沉默，只为眼前的这个人伤悲。他做到了，他遇见了童年时期期盼过得很好的人，或者说那些人至少对他是很好的，尽管这种愿望的满足似乎并没有令他特别快乐。那我呢？我专升本之后，也会遇到有共同话题的人吗？

一直缠绕盘旋在我嗓子口的声音，在那一首歌的时间里，消失了。

回忆到此结束。

此刻，本科院校里的《遇见》也播放完毕了，我的愿望可以说实现了，也可以说没有实现。这里的同学们，确实和我有很多相似之处，但我却依然没有遇到知音，甚至和我关系最好的那个兄弟，还不及我和森哥关系的二分之一。

这所大学的音乐社在文体馆二楼，有专门的训练教室。我在门口匆匆一瞥，里面有一架目测价格昂贵的大钢琴，还有受到过系统音乐教育的社员们。

我忽然感觉到头有些昏昏沉沉的，回宿舍睡了一觉。睡梦里，我又回到了原来那所学校，操场看台下，那个漆黑的夜晚，透着暗橘色的晃晃悠悠的光。我走进去，一首熟悉的《遇见》响起来了，我看见那时的我端坐在那里，沉默凝聚在喉咙口，像音爆一样。

那年胜过年年

小时候，我常常幻想自己拥有某种超能力。我时常想起某个消失在我世界里的流浪猫，或是淡出我生活的某些旧友，这样的思念在我饮酒或即将入睡前会越来越强烈，像一团渐渐燃烧起来的火焰，烧光眼前一切冰冷的物体，重回那个温暖的故地。按理说，专升本的学生最应当珍惜的是“上岸”之后那一年的本科时光，因为在本科的第二年是不完整的，各奔前程的实习就会占去大半年的时光。而我即将本科毕业，站在二十三岁的时间节点回头望去，最不舍的，竟是最耗费心力备战专升本考试的那一年。

我是一个学习较为上进的人，高考的结果却不尽如人意，被分流至大专院校就读，最主要的原因还是文理分科的时候选择了最薄弱的一项理科，而且还是理科中逻辑思维能力要求高的“物理+化学”组合。谁都知道高二、高三两年是学业上需要冲刺的时候了，然而，我却连基础题都无法听懂。一个个数字，在我的眼里俨然成了一个个墨渍，一个个如同天书般的外星符号，一个个令我眩晕的旋转着的微小物体，连成一片，与书桌上摞得很高很高的书堆一起，把我卷进漩涡里。我的身体与精神皆有所负累，与名次一起，被这股“漩涡之力”，不断拖着下沉。偶尔数学卷子出得极其简单，我还能努力考到班级的中游，否则就是一枚学渣。

当初为什么选择自己不擅长且不喜欢的理科？父母当时和我说，理科专业往往比文科专业好挣钱，而且男孩子很少有选择文科的。我就这么昏头昏脑地度过了高二和高三，又萎靡不振地度过了大专阶段的大一那学年，我忽然意识到自己不能再这么堕落下去了，便打通了爸爸的电话，表明我想要参加大三上学期的专升本考试。爸爸说：“那你便考吧。”我说：“我可以选文科吗？”爸爸说：“你想选啥就选吧，选自己擅长的。”

那个瞬间，我忽然和埋在心底的一个疙瘩和解了。老实说，我对于父母当时误导我选择了“物理＋化学”组合是有些耿耿于怀的，后来想想，父母难道能预见我的理科差劲到了这种地步？难道他们有意要坑害我考不上本科？我懊恼，我后悔，父母说不定也在某个角落后悔到掉眼泪！我记得有句话叫作“往事暗沉不可追，来日之路光明灿烂”，既然过去的已经过去了，那么我是时候重整旗鼓、轻装上路了。

我专升本冲刺的目标是文科里的文史类，具体的分支是文史大类里的汉语言文学专业。其他要考的则是英语和大学语文。这几门都是我的强项，我在高中时期也这么估算过，如果去掉数学、物理、化学、生物这四门科目，我的成绩能够排到班级前十名。因此，我学习起来特别起劲，我坚信自己就是能够考上的人。那年，我们文史类的报录比是五比一，如果把考生划分为“ABCDE”五档，你得确保自己是A档，才能稳稳上岸。所幸我从小学开始接触到的语文老师和英语老师都尤其欣赏我，不断鼓励、表扬我，这也为我鼓足了干劲。

专升本备考期间，我上午背诵英语，下午学习语文和汉语言文学专业课。尽管课程任务繁重，但由于我在这方面还算有些悟性，便难不住我。到了晚上，我便会去学校操场上跑步，我的体格不算好，往往跑个一两圈就开始喘粗气，但我每次都会迎难而上，强撑过这一段“疲软期”，接下来的跑步过程便尤其顺畅。跑个七八圈下来，不觉得多累，反而轻松了许多，尤其是在精神层面上，似乎在排汗的过程中，一切焦虑、压抑等负面情绪也一起消散、飘远了。如果要用两个字来概括那段备考的日子，就是“充实”。

说中途没有发生不和谐的事情，那也是假的。班级里有几个游手好闲者，一唱一和道：“你瞅瞅人家，在忙专升本呢，马上就是人上人了！”“呵呵，考上了不还是给咱们打工吗？”这些话，我只当作耳旁风，从小到大离群惯了，对于这些无关痛痒的虚话只觉得无聊。更何况这样的事情并不罕见，隔壁班也有一个专升本的同学，叫阿凯，他身边也有这种爱说风凉话、泼冷水的人。我更爱和他在一起交流，和他达成了共识，那就是努力积极向上的人总不会过得太差。

最后，我说：“你要小心你们学习委员不发专升本的通知给你，故意使绊子。”阿凯说：“好，到时候我们之间谁有消息了，就转发给对方。”我和阿凯拍着桌子，哈哈大笑。

那些爱非议我的几个人里，我倒也并不是全然不在乎，其中有一个在大一的时候和我的关系很不错，后来反戈相向，因为他和两三个二流子厮混在了一起。他叫小李。这场交友事故，我也有错——我总是在获得了大专院校举办的征文竞赛或英语竞赛的奖状之后，第一时间分享给小李我的喜悦，却忽视了他的要强性格和他在学习方面的薄弱点，他被我的分享不断刺激，就激化产生了悍妒的情绪。

和小李绝交前，他说的最后一句话是：“不就是考上本科，谁稀罕？我要想上，我也行。”我知道他的学习成绩是很差的，所以自是不信他说的这句话，只是为他居然也加入了非议我的行列而黯然神伤。正所谓有句话讲：“我不怕千军万马拿枪指着我，我只怕在那千军万马之中看到了我的挚友。”

疼痛感只是暂时的，有些征途，只适合自己一个人走下去。那段时间，我听得最多的一首歌就是《追梦赤子心》，其中有一句歌词深得我心：“向前跑，迎着冷眼和嘲笑！”结合当时我的处境，简直太对味了。

备考的过程，更多的还是舒心。我猜，大部分学生在备战大考之前的一段时间会感觉到压力倍增，毫不夸张地讲，除了舒心，我没有其他多余的负面情绪。因为和我相伴的，除了我本就特别擅长的英语，就是语文和汉语言文学专业课（理论和实操），尽管二者还是有一些区别的，但我总是对家里笼统地解释道：“没啥难度，就是一门英语加三门语文，你们就等着收我的本科录取通知书吧。”

父母曾经爱说一句话：“这高考的孩子呀，未必紧张，高考时最紧张的还得是父母。”我不知道这是否有些以偏概全，不过他们二老可是特别希望我考上本科的，毕竟努力了十几年，总也得收获点甜果子不是。高考的时候，我被分流到了大专院校，他们多多少少还是有些内疚和抬不起头来的，或许是因为我的家族亲眷都很勤奋好学，那些和我同辈的都考上了本科。我便有一种“掉了队”的惶恐。是的，我在小学和初中阶段曾是外婆口中的骄傲，她甚至觉得我有可能冲上南京大学等名校。而后来每次回家以及吃年夜饭的时候，大家都对于我大专在读这件事闭口不提，那是我的伤痛，也是全家人的遗憾。

回忆有些拉扯得过远了。我时常庆幸，有专升本这样一场考试，可谓给了我们这些当初抱有遗憾的好学之人第二次涅槃重生的机会。我高考输在偏科上，而专升本只需要在大学语文和高等数学之间择其一，这给了我们这些有特长也有明显弱势项的人一个升本科的机会。专升本备考那年，我学得愉快，也学得充实。

学得愉快是因为接触的大多是我喜欢阅读的古诗词和现当代经典著作。我会为李贺的怪异幽冷而打个寒战，也会在读到李白瀑布放歌之时心绪飞扬；我会在读到《药》的时候“哀其不幸，怒其不争”，也会在读到《山乡巨变》的时候心潮澎湃；我甚至会为自己把“福”拆解为“衣、口、田”和一个“屋檐”而感到妙趣横生。汉字和文学如此博大精深，而我在这摸不到头的备考之路上走着，一路上皆是它们的璀璨。

和我一起备考的同学，也似乎比平日里所接触的更有礼貌。“文人相轻”在这里成了一个行不通的成语，因为大家都抱着同样的目的和希冀来到这里，也有着较高水准的思想素质和精神境界，我们都明白，如果把专升本这场考试比作“鱼跃龙门”，那么我们在这茫茫水流与湍急漩涡中，抱团用力是最好的选择，也是最温暖的慰藉。

我不知在此文中写我的一场暗恋是否合适，但仔细一揣摩，我已经是一个大学快要念完的人了，又有什么不妥？我在专升本培训基地那里，见到了一个令我有些心动的姑娘。我特别留意过，她是文史类教室隔壁美术班的学生。

初见她时，我为她的画而心动。我从未见过那么细致的肖像，一笔一笔，铺陈开来，人物的肌理好像都在呼吸。当时，我只能看见作画者的侧脸，弯过腰身看了看，虽然作画的女生并非美丽到出挑的那种，但却十分素净淡雅。看得出，她没有化妆的习惯，本身五官的纤细和匀称，造就了她的美。

文史类和美术类都主修大学语文课，但我借口文史类这边的大学语文老师讲得令我听不懂，专门跑到了美术类的教室去听课。其实，是想看一看她。我是个有些“社恐”的人，至少属于内向型，自然也不知道如何搭讪，只能将这一份感情深埋于心底。后来，便也逐渐淡去了。

在去美术类的教室期间，我留意到他们美术类考试的实操就是画画。听起来容易，真正做起来，若要画好，却不是一件简单的事情。我经常看到美术类的学生起早贪黑，夜里八九点回去的也有，早上六点便到了教室开始写生的也有。相比之下，我们文史类的则轻松许多，或许是因为背诵本就不宜打持久战，需要背一会儿歇一会儿，这样的效果才称得上事半功倍，于是便有了这样“清闲”的现象。

巧的是，我在这里遇到了我们学校的阿凯。他数学极好，一听就懂，便选择了理科里的土木工程专业。由于他那屋没有安排舍友与他同住，他又坦言一个人住那一层的角落有些孤独，还有些害怕，我便搬了过去。那一年，互相打气成了我们二人的主旋律。我的记忆力虽好，却也有些难以招架这么灿烂博大的中华文明，记了又忘，但只能忘了又记；他数学天赋最高，提分时遇到极难的题目，也是做得抓耳挠腮，有时会重重地摔一下椅子，然后继续。我们当时说的最多的一句话便是：“挨过去，一切都会不一样的。”

说实在的，五进一的报录比，我是真的没有太大把握。我有两个源动力在大脑深处支撑着我坚持下去：第一，是对文学的热爱；第二，我想证明给小李看，我是能考上本科的。因为我是个自尊心较强的人，也有比较重的好胜心，对于小李曾经嘲弄我的轻蔑话语，我久久不能释怀，因此我想证明自己。

偶然的一次事件，我竟和美术班的那个女生成功地对话了。

我有抚摸流浪猫的习惯。这一处培训基地，由于绿化比较多，所以流浪猫也很常见，它们见惯了友善的学生，便也不怎么怕人。我熟知的流浪猫有小梨、小三花和圆滚滚。这些可不是我给它们起的名字，我们培训基地有一个专门关于小猫的公众号，里面有猫的图鉴，我对应上了名字和习性。其中，和我关系最好的就是三花。这天，我正在撸猫，旁边却有一个长发女生蹲了下来，拿出猫粮喂给三花。我扭头一看，竟是那个美术班的女生。

她主动说："你也喜欢三花。"我说："嗯。"她说："我看你好像是隔壁文史班的，怎么想到来我们美术班转悠？"我说："啊……文史班的大学语文老师讲得不好，我喜欢听你们班的那位老师讲。"她不说话，只是淡淡地笑了笑，将手里的猫粮放了下来，便转身离开了。

事后回想起来，这段对话里我能有多蠢？蠢到我想扇自己两下，我只能安慰自己：幸好你没有被爱情的萌芽冲昏头脑，这才考上了本科。而这段青涩的暗恋，只能被我偷偷写进非虚构散文里。不过有关爱情的事，又怎么能说偷呢？想到这儿，我忽然有些同情那个满嘴"之乎者也"聊以宽慰自己的孔乙己。

三花大喊了一声"妙"，嘲讽了一句愣在原地不知所措的我，便转身离开了。我忽然想起，我还有一些知识点没有背诵，便回到了宿舍，开始默读。坚持不下去的时候，我会时常幻想，如果那位女生考上了，和我还是在同一所大学……事实上，后来听那个女孩的朋友说，她还是落选了。

寒冬伴随着彻骨的冷空气来了，培训基地里，女学生们戴上了厚厚的围巾，男生们则双手裹在腹前，一蹦一跳地走着。我们坐在大教室里，奔着同一个梦想而去，我比高三时候还要富有激情。下课的时候，我不由想到了高三时，大家都在为了高考那场没有硝烟的战争而对着题目操练，以笔为刃，摩擦纸本的声音嗖嗖的，那时只有我是一个局外人。认真学习过的人都知道，当有理科天赋的人面对文科的知识点时，再不济，死记硬背也能收获不错的分数；而如果一个学生文科很好却没有理科头脑，他看到题目的时候，脑子处于“死机”状态，甚至第一步都无法写下，完全动不了笔。若是理科天赋差到了极点，即便老师事后讲解，也无法跟上他的逻辑思维。高二和高三上学期时，我还不服输，倔强到哪怕通过反复抄题目和解析的方式，也试图把分数提上去。在屡战屡败之后，高三下学期，我更多的是“石化”在那个靠窗的角落，望着窗外被风吹动的树叶。那时候，一片树叶叠在一片树叶上，多茂盛，跟流水似的。可不管它们怎么试图在枝头顽强驻扎，却是风一吹，便散落一地，如同水花落地，水珠四溅。

而现在，一切都变得截然不同。我曾只能在高三课间挤时间看的文学类书籍，现在大摇大摆地被我放在书桌之上，成为我学习研究的重心和主要目标，课余时间还能和老师同学们探讨。我的努力，也不再是“一拳拳打在软棉花上”，而是“一分耕耘，一分收获”。寒冬被隔绝在教室外头，冷空气凝结在窗霜以外的那个象限，形成微蓝的花朵样貌。屋内，有唰唰的做题声和老师妙趣横生的讲解声，我的笔芯中的油墨一点点空掉，随之脑海里的知识越来越丰富充盈。我和同学们徜徉在书海中，有着各自理想的目标大学，暗自憧憬上岸后的生活。

腊月的时候，绝大部分同学选择了回家过年，那是我第一次没有回家吃团圆饭，而是留在了学校里。妈妈说：“你翅膀硬了，那便在外边吧，不要回来。”这句看似怄气的话，口吻里也带着一些自豪感，毕竟这个世界不允许我在奔三的年纪还一直恋家，紧张的考试倒计时也显然令我更倾向于留在培训基地继续备考。在我心里，这场专升本考试比高考重要。当时高考已经抱着肯定考不上本科的想法去考的，自然没有这种拼搏的劲头和忐忑不安的情绪，而这一次完全不同，我将自己全部的热情和努力倾注其中。

我的兄弟阿凯也没有在腊月的时候回家。我心里还有一丝理想化的愿望，就是看看那位美术班的同学有没有也留校，到大年三十晚一起在附近小餐馆吃一顿。这个愿望后来落了空。接近大年三十那一天的夜里，下起了雪，是雨夹雪，街道变得湿滑。按理说，雨夹雪对交通造成了不便，培训学校里路上的人应当有所减少才对，可这些雨夹雪似乎敲响了宿舍紧闭的大门，那些在宿舍楼道里放着台灯背书的、在宿舍里紧锁着眉头刷题的，统统出来了。他们掏出手机，给这雪景来了几张美照。西风吹过，树枝倾斜，雪花忽而纷乱，大大小小的，在一瞬间呈现出烟花群放的姿态。同学们都紧了紧外套，阿凯说他忽然有些想念老家，却又说了一句“考上本科，明年光荣回家”。这句话有些夸张，却也在精神层面提供着巨大的能量。

雨夹雪，配合着暗黄色的路灯，恍如太阳升起时四散的光线，让沉浸在读书声里的校园变得岑寂又热闹。变岑寂指的是读书声、翻书声全都消失不见了，只剩下雨雪落在建筑物和草坪上时虫语般的细碎声音。雪花很小，基本一触及地面便融化成水，它们安静地抚摸着大地的头皮和建筑物的中空之处。变得热闹，是因为同学们全都从各自的宿舍里冒出头来，拥抱自然，在学习之余暂时放松自己。猫咪们看到各自的固定投喂者，也摇着尾巴出来了。短暂的休闲之后，同学们又各自回到宿舍，三花便尾随着我，来到了我的宿舍门口。

我在征得阿凯的同意之后，便把它迎进了屋子。它进入温暖的室内，像哥伦布发现了新大陆，舒适地伸了个懒腰，还踩奶。我和阿凯决定让它冬天寄居在室内，免受风霜雨雪的苦寒扑打。

这个供我们暂时学习的地方，给我最大的感觉就是温暖，第一印象便是如此。据说这里以前也是一所学校，后来停办了，场地一直空着，便成了各大培训机构的驻地。这里的建筑物磨损度较高，砖瓦上略有细纹和缝隙，里面生出细微的绿草和花儿。

这一片旧场地，承载了太多人的奋斗与汗水。你时常可以看见楼梯间有挑着夜灯大声背书的考研人，也可以看见对着落地镜自言自语模拟面试的考公者，在更多你看不见的教室和宿舍里，多的是久坐刷题的心怀梦想之人。如果说“上岸”是一个具象化的词，有的人在水里，有的人在岸上，无论是在岸边踱步还是在水里随波沉浮，都是不太费力的，而在竞争者们奋力爬上岸的过程中，岸与水之间那一块象限才是真正最难熬的地方。这里，便是这样一处存在。幸而我打心底热爱文学，这些日子于我而言，只是甜枣。

回忆到这儿，似乎就差不多该完篇了。那些备考时的力不从心，那些对单词的死磕到底，那些一页一页翻过去又翻回来的知识点，似乎不足以成文，而认真备考过的学生自然会懂，这是我们共同拥有过的辛酸与励志。尽管这么苦、这么累，但我还是要说一句，那年胜过年年。

还有我的好兄弟阿凯，他也考上了一所本科院校，开始了自己崭新的生活。而视角回到两年后的今天，我的故友小李当兵也即将退伍归来。他当年说过的那句“不就是考上本科，谁稀罕？我要想上，我也行”，正在兑现中。因为专升本招生计划里有“退役大学生士兵计划”，对于文化课的成绩要求会相应地降低不少，凭小李的好胜心和吃得下苦的精神，归来之后，大概率也是能上岸本科的。我站在他的视角上看，或许我就是一个只会读书又爱嘚瑟之人。不管怎么说，我们都兑现了自己放出来的狠话，也终将开始新的一年。

“猫孩”

可能每所大学里都有自己的“团宠”，即受到欢迎的猫猫狗狗。我所在的学校也不例外，只不过，“团宠”有点多，遍地都是。

为了这些可爱的猫咪，我们造了新词。

妙啊

学校里原本是有一个狗狗的，由于浑身毛发呈现黄色，我们都叫它“大黄”。但它有些爱招惹猫咪，招惹也就罢了，关键还不是猫猫大军的对手。猫咪们看到大黄就会头疼，觉得大黄讨厌至极。某天，同学们看到猫咪们聚在一起，好像在密谋着什么。几天后，大黄被猫咪们联手赶出了学校，目前寄居在学校西边的美食小广场，有吃有喝，过得还算挺滋润的。同学们固然对大黄被猫咪逐出学校感到同情，但我们都秉持着“尽量不去干预生态链”的态度，毕竟当时猫和狗已经到了水火不相容的地步。

那段时间，猫咪们叫得特别欢，逢人便叫：“妙啊，妙啊！”

这本是一个谐音梗。同学们每逢大考，或是教师资格证考试，或是期末考试，便会在早起去考场前，故意去猫咪们经常出没的地方，陪它们玩。它们也极配合地喊道：“妙！”这和想要发财的人爱听狗狗喊“旺”有异曲同工之妙。同学们和猫咪们玩乐，放松了心情，还收获了一声猫叫的好彩头，这才肯步履匆匆，奔赴考场。

猫孩子

养宠的人，或是接触过养宠人的人，大多听说过一个名词，叫“毛孩子”。而我们学校几乎看不见狗，猫却有一些，所以我们又根据谐音另出了一个新词“猫孩子”。

学校里的猫，大多是不怕人的，幸福感较高。如果对这位同学有好感的话，大抵还会上来蹭一蹭裤腿，温柔地轻声一叫，索要食物。它们在我们面前，真的就和小宝宝一样。

养父母

学校里的猫毕竟是野猫，如果放任不管的话，猫咪的繁衍能力又是较强的，容易泛滥成灾，形成猫患。为了有效预防这种现象发生，我们不定期地就会抓一些已成年的猫咪去做绝育手术。至于做手术的费用从哪里来，我们第四章节再说。

要想成功抓住一只野猫，那可不是一件困难事，我们往往会去找这位猫咪的“养父母”，即经常投喂它的同学。由于他们之间相处很久了，猫咪自然放松了警惕，也容易上手些。

其实，作为它们的“养父母”，于私，是有些不乐意它们做绝育手术的。但出于维护生态平衡的需要，也不得不做出这个理智的选择。

猫咪做手术之前不宜吃得太多。某次，在做绝育手术之前，我们在学校专建的猫咪群里艾特了虎虎（某只猫）的“养母”，和她商量好了周日的时候抓虎虎去做绝育手术，并在群里告知全体成员，周六遇到虎虎的时候尽量不要投喂，以免手术过程中它会因此感到不适。

谁知，虎虎周日那天竟短暂地消失了，大家伙都在群里问，有没有人看见虎虎在哪栋楼，结果都说没见着。

我发了一句，“群里有内鬼，走漏了风声”，群友们哈哈大笑。

后来，还是虎虎的“养母”出现，将它呼唤出来，带到宠物医院做了手术。

大学夜市

带学校里的猫咪去看病或者做手术，都需要不少的资金，学生们作为尚未步入社会的群体，难以自掏腰包，于是想了一出好办法。广陵学院允许同学们有组织、有纪律地在校内模拟摆摊，一来适应社会实践，二来可以稍稍补贴些钱。我们决定申请之后，在大学夜市里摆摊，主题就是“猫咪记忆”，以此来赚取带猫咪去宠物医院的经费。

我们申请了一个临时的微信公众号，来学校的大一新生们可以在公众号里搜到每只猫咪的名字、疫苗注射情况、习性以及出没范围。每只猫咪在公众号中都收获了自己的一波“粉丝”。接着，我们在猫咪微信群里收集了广陵学院猫咪们的照片，有的乖萌可爱，有的冷峻霸气，有的小家碧玉，有的娇羞依人。我们在微信公众号里发出公告，会把这些照片冲印出来，放在大学夜市中摆摊售卖。

那天晚上，刚摆摊，先是聚过来了几个平日里我就已经很熟悉的爱猫同学，接着，随着人流量变多，来往者皆驻足于此，挑选自己心仪的猫咪照片。我们边售卖，边介绍这些猫咪的习性和出没范围，以便后续更好地人猫共处。那晚，我们挣到了一笔钱，回去后即清算账目，明确并公开说明，以后每带一只猫咪去一次宠物医院，就会在猫咪微信群里进行公开划账。我们总算靠自己的办法解决了猫咪看病的经费问题。

守岗人

这些猫，说是野猫，却都是由广陵学院有爱心的学生们喂养带大的，因此它们的野外捕猎能力并不强大，如何度过寒暑假便成了一大难题，尤其是寒假，很少有野猫能活着度过一个冰天雪地的冬天。

一些同学自发成了“守岗人”，他们大多申请留校，因为有学习任务或是要勤工俭学，对他们而言，喂养猫咪只是顺便的事。平日里人来人往的，可以分担些任务，现在重担就落在了这么一小部分人身上。

其中一个同学说：“真好，以前猫咪周围的同学太多，它们都不愿亲近我。现在，猫咪就爱蹭蹭我的裤腿，真像个小宝宝。”

我想，如果猫咪会说话，它们肯定也会说：“你也真好，守岗人。”

笔 锋

初次接触

一开始被送去练书法，我是极度排斥的。路上，我哭闹不停，扯着嗓子喊，好像快被送往屠宰场的猪一样。妈妈说：“已经交过费了。而且，别的孩子都有自己的兴趣爱好，你也得培养一个。”我最终执拗不过，只得答应下来，先去练习毛笔字的培训班试试。

先是穿过几道大街，又行驶过一条蜿蜒曲折的小巷，车子终于在小巷靠里的一个地方停了下来。人家说“酒好不怕巷子深”，这个培训班这么靠里，还有这么多人愿意把孩子送过来学习书法，看来确实是有两把刷子的。

走进去，我被一个“静力”的场吸引住了。原谅我造新词，确实没有比这两个字更适合用来形容的了。屋子内自带一种安静的力量与磁场，仿佛只要踏足进来，哪怕只是把目光伸进来，整个人就会平静下来、舒缓下来，就连阳光在屋内漂浮的速度都被放缓，远处庭院内枝叶微动。这个培训教室在一个古巷里，青砖绿瓦之下，古色古香的，仿佛不是这个年代的产物。

教书法的贾老师见是我来了，快步走上来迎我，笑着说："这孩子这么小，就送来学书法了？也好也好，从小培养。"

贾老师当时才四十岁，精神抖擞，眼睛里隐隐透着敏锐的光，身材瘦削，一双手却很有力量，上面盘绕着青筋，仿佛一提笔就能安定所有山间的风雨。这便是县城里有名的书法家！我当时静静看着他，可以说是师徒之间"看对眼"了。贾老师问我选择在大堂里练习还是小屋内练习。是这样的，练习之地有两处，一处是在大堂之中，人比较多，分两排，面对面站着，另一处则是在小屋内，站成一排练习书法，人相对较少，也比较安静一些。我小时候性格偏闹，便回答道："大堂吧。"贾老师却说："那更不能让你在大堂练习了，怕你静不下心来。你来屋内练习。"

后来，我才知道，在屋内练习的往往是贾老师的得意门生，都是书法等级考到了五六级以上的，才有资格在这样一处僻静之地练习。而显然年纪才六岁的我受到了贾老师的优待，不知是贾老师怕我在大堂内调皮还是怎的，破例让我直接进入了屋内练习。

至于为什么是站着训练，而不是坐着，贾老师解释道，坐着练习，人容易产生惰性，练习本是一种修行，唯有站着练习，才能时刻保持专注、警醒。

我铺开一张稿纸（我们平时训练所用的，并非市面上人们常见的大红的纸或雪白的宣纸，那些纸固然写字效果更好，但费用昂贵，所以平日只用稿纸练习），将毛笔头用墨汁蘸黑，开始训练。

笔锋

从前我只认一个道理：横平竖直。贾老师告诉我们，毛笔字最吸引人的地方，其实在于笔锋。笔锋遒劲有力，则字富有美感。

笔锋对于有天赋的人而言，是容易写出来的，而如果天赋不足，则需要大量的时间去练习，每日琢磨。练书法，有一个方言术语叫“丢了功”，和成语“前功尽弃”有着差不多的意思，即如果超过三天没有摸到毛笔去练字，那么之前通过练习所积攒的经验和写字功力便会消减不少。

用句名言来说，写出笔锋，是“一种心中自知而无法用语言表达的艺术”，只可意会，不可言传。如果非要试图用语言来表达出来的话，技法要点大概有三：第一，是在准备写出笔锋处顿一顿，并使出超出平日里的两倍力气；第二，是笔锋即将形成的时候，运笔要陡然加快，有爆发力；第三，是不可滥用笔锋，否则整个字看上去就会歪歪扭扭的，嶙峋丑怪，反而立不住。

有时，练习毛笔字就和做人一样，除了方方正正、规规矩矩之外，还需要带点锐气、锋芒。贾老师那边教的楷体，大概分为两种，一种是柳体，一种是颜体，颜体相对而言圆润大方，柳体相比较而言则清瘦有力，笔锋较多。他让我自己挑选一种字体来练习，我选择的是柳体。某种程度上而言，如果放大二者的特质，柳体代表了方，颜体则为圆滑。我是一个执拗的人，也比较有个性，这一点或许是练字造就的，又或者，从选择了柳体的那一刻之前，我骨子里便已经是一个有棱有角之人？

某次，有一位同学自己忘带墨汁，便直接将毛笔蘸在了我的墨汁里，我说：“你下次得提前和我说一声再用啊，又不是不给你用。”第二次，他依然不打招呼而自用，我说：“谁准你用了？”他说：“不是你说的吗？可以给我用。”我直接说：“不好意思，你几次不打招呼，所以不给你用了，你自己找别人借吧。”当然，那位同学后来也没有记恨我，相反在反复磨合后还和我成了要好的朋友。我固然相信谦让客气是一种良好的品质，但是在和人的长期相处中，我更相信，带有一点点必要的锋芒，就和写字时略带笔锋一样，才配得上“人”这个字。

“小天才”

听那边的老师和同学说，一般人的练字速度是：练习两年后考书法四级，再练习一到两年后考书法五级，六级由于需要考两种字体了，所以还需要再练习两年。而我的速度却明显异于常人，学习书法一年就考了四级，又过了一年就考过了五级。

书法，和读书、练琴、射箭等其他大多数事情一样，都需要天赋和努力。贾老师不止一次对我说：“你是个有天赋的孩子，而且认真，肯吃苦。”

练书法久了，确实是苦的。人要笔直地站着，一站就是半个小时；手里拿笔的姿势还不能错，长时间握笔可能导致手指僵曲着；练到需要写出笔锋的地方，手腕和手指都要使劲，但是手不能抖，否则写出来的字便会变丑，这又需要极强的控制力和极高的专注度。练书法的人对待稿纸上的每一个字，都不能马虎，只有后一个字比前一个字端正美观，这才称得上是有效练习。

练习书法的同学们也相对朴素纯净一些，我们经常用“台上一分钟，台下十年功”“要想人前享福，必得人后吃苦”之类的话互相加油打气。所谓“台上”和“人前”的享福，大抵指的是书法等级考试的考场了。一旦考过了，那么便证明了自己的书法能力，可以拿出来嘚瑟一番，毕竟那是公平公正的一场考试，非常考验考试者的书写功力。

我从那时起便是低调的，第一年过了书法四级，第二年过了书法五级，回到班级里之后也没有和任何人说。倒是贾老师，说出了我的光荣事迹，让他们好好向我学习，学习我身上吃苦练习的劲头。每次新来一些家长，带着孩子，贾老师总是向新来的介绍我，吹捧我两年就通过书法五级的经历，惹得别人一阵夸赞，说我是一个“小天才”。我恨不得找个地缝钻进去。这句话一点都不夸张。我以前感到羞愧的时候，会恨不得变成透明人或者找个地缝钻进去，但当时的我还是太过于低调了，不喜欢别人拿我当作正面例子宣传吹捧，所以我也会埋低正在练字的头。

其实，哪里有什么小天才，我只是每天比别人多练半个钟头罢了。

墨香？书香？

我刚开始练字的时候，年纪太小，连字帖上的字是什么意思都不知道，甚至有的字都不知道该怎么读。我旁边的一位徐同学（下文会重点写），则会教我怎么读以及这些字的意思。一开始，我练的字帖上都是一些散乱无章的字，后来，接触到成语字帖以及唐诗字帖，才真真正正地爱上了书法之外又一处神圣之地——文学。

那是我第一次接触文学。由于练字需要反复抄写，我便在一遍又一遍的默读抄写中，细细品味那些成语以及诗句的奥妙。我至今记得有一句诗是“黄河之水天上来，奔流到海不复回”，在抄写练字的过程中，脑海里因为这些文字而铺开了一幕画卷：滔滔的黄河水从远处倾泻而来，好似从天而降，又往更远处去了，气势浩荡。浓浓的书卷气伴随着墨香，陪伴我度过了一年又一年。日出日落，春去秋来，莫不如此。久而久之，在这种耳濡目染之中，我也开始与文学相伴相知相爱，可以说它成了我日常生活中的重要部分。

在书法五级的考场上，我由于一时疏忽，竟忘记了携带字帖。考官也面露难色，不知道怎么处理这件事，毕竟我年纪还小，在他的认知里，我是默写不出一句诗的。我却轻松地在纸上写下一句“问渠哪得清如许，为有源头活水来”，惹得考官驻足注目。后来，我如愿以偿地通过了考试。

对于文学而言，记忆只是其次，我认为更重要的是理解、鉴赏和运用。在我一遍一遍地研墨、抄写过程中，我闻到了浓浓的墨香，也感受到了文学带来的经久不衰的魅力。所以真正打动我的，到底是墨香还是书香，谁又能说得清楚呢？

动摇与争执

母亲一开始是盼着我练习书法的，甚至希望我未来能成为一个书法家。但当我练字练得正起劲的时候，她却带有通知意味地告诉我，让我停止练习书法。原因竟是学习书法未来并不能带来多少可观的收入，前途不可测，而且有些分散本该投入在学业上的精力。

我当时极力抗拒，正如没有接触练毛笔字之前抗拒去书法班一样。为什么，为什么让我爱上了书法，最后却要我和书法分道扬镳？难道就是因为练习书法将来或许赚不到钱，难道就是因为所谓的投入学业方面的精力不够的问题？

这时，我毅然决然选择了坚持我的爱好。

我向母亲晓之以理、动之以情，告诉她我有多么热爱书法，书法能够为我带来漂亮的字迹，在考场上也是一个加分项，另外，书法能够传承中华优秀传统文化，还能够锻炼人的恒心和毅力，使练习者修身养性。

另一边，父亲似乎也加入了动摇我的行列。他在我的书法稿纸上指指点点，说这里写得不好、那里写得不对，一再打击我的自信心，还上手在我的稿纸上进行所谓的“书写示范”，害得我由于作业稿纸上有明显的劣字而被贾老师批评。

我依然没有放弃。我想起了贾老师教过我们的，练习一个东西，就要持之以恒，不可以今天揣在心里，转眼明天就抛在一边。另外，做人要如同写字一般，有一定的“笔锋”，带些强劲和锐利，那才撑得住。那是我唯一一次和父母发生争执，只为了坚持属于我自己的心中挚爱。最终，父母见我实在是爱书法到近乎疯魔的状态，没太可能阻挠我继续练字，便也不再阻止我了。

是的，书法已经成了刻在我骨子里的一个东西，更好似一枚胎记，是很难从我的人生中去除的。

下课后的时光

我刚进入书法班练字那会儿，尤其刻苦，甚至到了下课时间也不休息，依然站着练字。同班的同龄人们都去附近的广场上玩儿去了，只有我，站着苦练，也不说话，也不上厕所。贾老师的母亲（以下称作“贾母”）是一位慈祥的老太太，她让我也不要太辛苦了，要多和同学们接触接触，毕竟书法不是一个人的全部。前几次，我只是出于礼貌，在她说出这些话之后附和式地点点头，到了后面，也确实耐不住寂寞和疲惫，便也去了附近广场上和同龄的孩子们一起玩了。

他们爱玩捉蜗牛的游戏。他们看到广场的草丛一角有不少小蜗牛，就说“这些蜗牛太慢了”“它们要爬去哪里”“我们帮帮它吧”，然后，预判蜗牛规划好的轨迹，把它拾起来，嘴里喊着“起飞喽”，便“帮助”它们在瞬间完成了原本规划好的行程。这帮调皮又热心肠的孩子!

那时的我，有一些少年老成，不爱多说话，心理可能比他们还要成熟一些，只觉得他们的玩闹方式有些许幼稚，但并不会多说什么，只是在一旁静静看着，就好像猫咪看着蝴蝶飞舞一样。这边是没有上下课铃声的，全靠贾老师的呼唤，随着他远远的一声喊，我们又得回去继续练字了。

某次，正巧快到春节了，本来说好了晚上六点下课时父亲来接我回家，他却似乎因为路上有事情耽搁了，所有的同学都走了，就留下了我一个。贾老师一家子在庭院里开饭了，吃的是饺子，那热腾腾的肉馅儿饺子，别提多香了！我就安安静静地坐在庭院门口，也不吵闹，乖乖等着父亲来接我。眼看着半小时过去了，父亲还没来，而我已经饿得前胸贴后背了，心里的焦灼程度也已经达到了极限。贾母端着一盘热乎乎的饺子过来了，说：“饿了吧？娃，吃几个饺子。”我说：“我怎么能吃别人家的东西呢？”她说：“你看你，见外了不是？别客气。”

我便也不再推托，大快朵颐起来，也顾不得饺子烫嘴。也不知贾老师家的饺子加了什么秘制调味料，竟如此入味，又咸又鲜，里面还很滑嫩，似乎是虾仁或者豆腐的口感。好吃到我差点流泪，在贾老师这一方庭院里，我也体会到了另一个家的味道和感觉。那一顿饺子，离现在已是二十年，我却铭记至今。那是入口即生的香味，那也是入口即化的温暖，那一股暖流一直暖着我的心窝子。

第二种字体

当想要参加书法六级及以上等级考试时，就需要考两种字体。我原本选择的第一种字体是楷书，现在需要从草书、行书、隶书之中选择一种字体作为我的第二种考核字体。我原本想选择草书，当时口无遮拦地说："草书多酷啊，随便瞎写就好了，写起来又快，别人又看不懂。"当时贾老师很生气地怒视了我一眼，现在想想，当时说这句话，对书法太过于亵渎了，暴露了自己的认知浅显。

贾老师在稿纸上分别用草书、行书和隶书写下来一个"福"字。草书自不必说，让人有些看不懂，恣意狂傲；行书一套笔画下来行云流水，轻巧自在；隶书倒是别有一番风格，写下来的"福"字四平八稳，好像一个温文尔雅之人。我说："首先排除草书。"那么，就只剩下了行书和隶书。

这时，父母刚好来接我了，他们并不赞成我练习行书。因为行书写得洒脱，他们二位担心我练习毛笔字顺手了之后，将来在考卷上也用行书写字，如果滥用连笔，给阅卷老师的直观印象会很差。于是，我最终选择了隶书。隶书是一种很古老的字体了，写起来有一种顿挫感和沧桑感。它不同于楷书的方方正正，也不同于行书、草书的汪洋恣肆，而是有一股内敛的劲儿，收在运笔之间。我从小性格偏内向，言行可以说沉稳，也可以换个不太好的词，比如迟缓，所以隶书也正符合我的个性特征，属于我的"本命字体"。写隶书的过程，也比写楷书要缓慢许多，讲究宜缓不宜急，这也是磨炼耐心的过程。我写隶书的过程中，在方寸格子之间弄墨，构成黑白的呈现，更像是把自己充满锐利的急躁之心放在光滑的巨型黑石头上反复打磨的过程。

与榜样

我们练字的时间分为上午和下午两班，我一般是下午这班，但有一段时间生病了，需要输液三天，便改成了上午这班。早在下午这班的下课时间，我就听说了上午那班也有一个“大天才”。说他“大”，是因为他已经六年级了，而我们这边普遍是二三年级的学生；说他“天才”，是因为他仅用四年时间就通过了书法七级，进步飞速。只是这么听着，我便对他产生了佩服之情，借着这次机会终于见到了他。他个子高高的，脸上总是挂着灿烂的笑容，一双眼睛很活跃，总是看东看西的，练字的时候，眼里似乎又只有毛笔字，变得格外专注。

他也对我这个“小天才”早有耳闻，下课期间，要和我玩石头剪刀布的游戏。原谅我们当时的游戏就是这么匮乏，只有石头剪刀布之类现在看来相对幼稚的游戏。他自称会“读心术”，只要看着我的眼睛和手不超过三秒，就能猜到我接下来出石头、剪刀还是布。我偏不信这个邪，结果屡战屡败，不由地相信他真的会“读心术”。后来，我通过一些专家的解读了解到，哪有什么读心术，不过是有些人善于通过微表情和肌肉产生的细微动作来分辨对方下一步的举动罢了。不得不承认的是，他在揣度人的心理方面很有灵性，我接下来要说什么话，他都能预判到，我在他面前似乎就是一个“透明人”。

我和他还探讨了“如何写出漂亮的笔锋”的问题，最终得出的统一结论是：只可意会，不可言传，手上会了，嘴上却未必能总结到位。这就和那些手工艺人穿针引线一般，是需要日积月累的，而不是说一两句口诀就能了然于胸的。

为期三天的上午班练习很快就要告一段落了，也不知道还有没有机会和他再次相见了。临行前他跟我说了一句：“话可不能那么少哦。”

结果我至今仍然话少，只喜欢把想要表达的东西写成文章。

后来，我学业繁忙，在通过书法六级考试之后，便没有继续在那个书法班练习毛笔字了。

我仍然记得那些人、那些事。有几次，我路过那个书法班教室，还是一个古色古香的屋子，青砖绿瓦，门上面贴着贾老师亲笔写的龙飞凤舞的对联。那是多么安静的地方！我不清楚里面还有没有学生在练字，不管练与不练，这个屋子都不会发出声响，不与这个世界的任何声音争喧哗。我看着那个屋子，笑了笑，然后离开。

谨以此文怀恋那段练习书法的时光。

夜 行

高中学校里流传着关于笃行楼第三层，每到星期四晚，灯总会在自习课上到一半的时候，骤然全部熄灭的故事。周四晚突然熄灯这事儿已经和学生会每个月必开的例会一样，几乎没有间断过。全校的学生谈起来这事儿的时候，都是脖子往前一弓，好像有什么不得了的一样。而我正巧就在第三层的最右边那一间教室上课，只有我们在这一层的学生才知道，每逢星期四晚上，我们有多期盼“教室黑了”那一刻的到来。

有的同学趁着黑掏出藏在桌肚角落里的饼干，其实下课也是可以吃的，只不过这时候吃，有种说不清道不明的小开心。坐在靠教室右边走廊窗户的学生，借着走廊上的灯光，用手拨弄着铁皮文具盒，找到合适的位置和角度后，总能将走廊的光折射到教室内。黑暗中，被光照到的地方，有的同学没好气地瞥一眼搞恶作剧的同学，有的同学一边指着灯光一边略带嗔怪意味地尖叫，好像只大黑耗子爬上了她的衣服，有的同学则做出了潇洒的姿势，等待着这“聚光灯”的到来。

熄灯风波闹多了，第三层的老师们都不干了。这纯粹影响学生上晚自习秩序不是?

班主任们甚至轮流站岗，一个去教学楼下电箱那边站岗，一个去楼梯口控制第三层电源开关总闸的控制器那边站岗，那架势是铁了心，管你是哪路神仙，都得把你防住。

从那以后，每周四晚自习熄灯的“规律”被打破了。同学们当作什么事都没有发生过一样,埋着头苦学,有人不耐烦地翻了几下书,动静挺大。大家都在怀念熄灯风波。虽然不知道是谁，但是现在可以确定了，一定是个真实存在的、害怕被逮住的人。

晚自习从六点半上到九点半，一共三个小时，在经过了长达三个多星期的严防死守后，有站岗的老师撑不住了，偶尔中途去办公室里歇歇，偷个懒。

关于熄灯的人会是谁，大家七嘴八舌的，但是大部分人讨论出了一个极有可能的答案：已经退休的体育老师王斌。他曾经带过我们班的体育课，也是好多班的体育老师，上课时一点儿也不严肃，笑起来眼角的褶子有三四层，一副老顽童的样子。期末的时候，那天是星期四，数学老师来占体育课，他说什么也不让，那句“你想用我的课上数学，把校长喊过来说话”，我们至今记得。

也有人觉得他已经年岁大了，应该不会做这事儿，也可能是一向跟在王斌后面的体育委员张桥。因为违反了禁止打架的校纪校规，他被罚回家反省到改过自新为止。

我们都幻想着再来一次熄灯风波：班里先是不约而同地惊呼一声，然后是一阵鸟鸣似的叽叽喳喳，接着大家又在黑暗中被点燃了激情。

但现实是再没发生过。

转眼高三了，张桥也早就回来了。终于，在某个星期二的晚上，又一次停了电。有人扭头看了看张桥的位置，他在那儿，明明什么也没做。不过同学们并不在意是谁熄了灯，张桥站到讲桌前，大声说：“不要乱，不要乱！我有个想法。”

张桥的几个好兄弟带头鼓起了掌，全班都紧跟着鼓掌。坐在走廊边的几个调皮蛋用铁皮文具盒将走廊上的灯光折射在张桥身上，明晃晃如晚会聚光灯。

张桥说：“反正一时半会儿看不了书了，我们去操场上，这节课自由活动！”

全班一片哗然，紧接着掌声雷动，完全没了平日里埋头苦读时好似寂静岭的模样。在夜晚，大家被点燃了热情和激情，蜂拥着出去，进了操场。张桥甩着膀子，大摇大摆地走在前面，他的几个兄弟则簇拥在他的身边。中途别的班的老师路过，推着眼镜盯着他们看，但他们全然不在乎。

据说后来班主任来教室里找过人，除了几个趴着睡觉的，其他人已经跟着张桥到操场了。

大部分同学三五成群，聚在一起，有聊天的，有赛跑的，比如张桥的几个好兄弟，也有发呆的。我正好看见张桥一个人在前面走。

我追上去问：“桥哥，你知道之前的灯是谁熄的吗？”

张桥说：“我知道。那人不是我，但我也不会说。”

他见我脑海里问号更多了，指了指前方说：“好好享受夜晚吧。”

趁着不一样的校园风景夜行。

风吹过，柳枝从不同角度飞舞着。天上的星星亮着几颗，不远处的教学楼里，灯全亮着，如白昼一般。里面有奋斗的少年，从白天到夜晚。笃行楼的那层却是一片漆黑，像是一道深壑刻印在了平面艺术画上。里面有几个手电筒四处照着，估摸着在修理电路，好似头顶探照灯。

不经意间，张桥已经和别人赛跑起来了，在操场的另一端。过了片刻，第三层灯骤然亮起，我顺着暗黑色中鱼鳞般的人流回到教学楼。

但有人往黑暗里去了，还在夜行。

辑四

短制

吾　师

“你沿着海岸线 / 一直走 / 一直走 / 你说你会在尽头等我。”这是写作课的老师——孙永良教授为我们呈现出的一首诗。他告诉我们，这是他在扬州大学校本部上课时，一位学生交上去的写作课作业。这首诗寥寥数语，却给了人丰盈高远的意境和意蕴无穷的美感。

孙老师启发性地说：“这首诗，我们不妨换个角度理解。把标题由《承诺》换成《追寻》，我们就来到了诗中的另一个视角。再稍微改几个字，改成‘我沿着海岸线 / 一直走 / 一直走 / 你说你会在尽头等我’。寥寥数语，又是写尽了另一个人的沧桑与苦苦追寻。”这样的诗，言简意赅，意蕴多义，只是换掉了几个字或者几个词，却呈现出整个四季各种花儿的美感出来。视角转换，彼此互为有趣的映照。

从前，我一直期许自己能在讲授汉语言文学的教室里上写作课，尤其是在高考被分流进专科院校之后，这种渴望几乎到了极致。当我知道江苏专升本能够跨专业报考的时候，我毅然决然地报考了汉语言文学专业，后来进入了广陵学院的汉语言文学专业就读。当得知广陵学院的写作课老师同时也是扬州大学校本部的硕士生导师的时候，我喜从中来，这等于是我们专科生享受到了硕士研究生的待遇啊。

孙老师讲课总是笑嘻嘻的，很有趣。他曾经提到鲁迅先生，也讲到了“精神胜利法”，最后补充了一句：“其实我们每个人身上都或多或少有阿 Q 的影子，都带有一点精神胜利法。”听到他的这句话，我忽然释怀了。是的，我也一直在遇到困难和挫折之后用精神胜利法宽慰自己，却不愿承认自己也是一个“阿 Q”，但仔细想想，谁的身上又没有阿 Q 的影子呢？孙老师年岁比较大，目测六十岁左右，所以人生阅历丰富，连他都说出这样的话，想必也是一句在现实生活中特别行得通的道理了。

孙老师也给我们布置过写作课作业，还喜欢在课堂上绘声绘色地朗读一些优秀的作文，加上他潇洒自如的肢体动作，让人有身临其境之感，仿佛全身的每一个感官细胞都被调动了起来。我对此的评价是，要是换作作者本人来读，都读不出这样生动又容易引起学生共鸣的完美效果。他还从不吝啬自己手里打高分的权限，只要遇到有闪光点的稿子，他都会给出很高的分数以示鼓励，以至于我们最后的期末分数比别的科目的期末分数要高出许多，学生也因此对创作这一方面信心倍增。

孙老师还发了一首诗歌的初稿，交由我们修改，让我们每个人就在课堂上改，把改好的诗歌写在本子上。对于这首诗，我们大概能看出来一些漏洞与缺点，却说不出个所以然来，也无法做到精准修改。后来，在孙老师的点拨下，我们方才知道了这首诗最大的问题出在哪里。写诗歌与写说明文、记叙文不同，最忌讳说明与交代，《雾境》这首诗最大的问题在于没有摸清楚诗歌这个问题该有的特征，导致有的部分冗长且多余。后来，孙老师敲起键盘，删改了几处，整首诗就给人一种清爽曼妙之感了。《雾境》在他的修改之下，重新氤氲出了大雾与诗歌相伴相生的朦胧之美，甚至已经弥漫出了PPT，在教室里留下缄默的美妙，而同学们望着PPT时那一双双陶醉的眼睛，便如同大雾之中鸟鸣与晨露连缀出的闪光了。

孙老师也给我们出过难题。他给了我们一则材料，要求我们在一周之内想出关于这则材料的八个立意。我们看了看，这简短到不足百余字的材料，只怕是写出来三个立意都困难，但孙老师相信我们只要肯开动脑筋，总能想出更多好点子。最终，同学们集思广益，想出来了十几个立意，大家都倍感自豪。

孙永良老师在教了我们一个学期的写作课之后，顺利结课了，我从班级群里添加了他为QQ好友。当时，在所有体裁里，我写的最差劲的是小说。某天，我写完了一篇小说《那野人》，读了之后自觉很不满意，便想着发给孙老师看一看，让他帮忙指点一番。在发送给他这篇小说之前，我的心情有些忐忑，因为他的写作课早已结课了，从理论上讲已经没有义务再为我的文章进行指导，但我又相信孙老师是一个热心肠、乐意帮助学生的人，所以最终还是选择了发送给他。他看完之后，先是鼓励了我几句，然后又指出来小说里存在的一些问题。能被这样的老师点拨，可遇不可求，他明明可以对我发过去的文章置之不理，图个清静，却还是不厌其烦地指导我。在他的指导下，我写作小说的功力也获得了不小的提升。

临近大四时，我计划出一本散文集，又壮起胆子来发给了孙老师。为什么说“壮起胆子来”呢，因为按理说结课后孙老师已经没有义务再指导我的创作了，而且我这已经是第二次打扰孙老师。他却并不厌烦我的屡次请教，相反，说看完之后会给我更多的指导意见。

此刻，临近这篇文章的结尾，我又回想起孙老师给我们上课时候的样子：头发花白，眼里闪烁着智慧与敏锐的光泽，腰板笔直，谈笑风生间，总是能吸引同学们认真听他上课，而很少有玩手机或者做别的事情的。

如果可能的话，我多想一直在他的写作课上学下去，可我终将走出课堂，走向社会。我也必将携带着孙老师教给我们的专业知识与人生经验，一直走在人生这条路上，就像携带着一柄仁慈之剑，仗剑走天涯。

我又回想起孙老师站在讲台上讲写作课的时光。我备考过教师资格证考试，三尺讲台之上，老师春夏秋冬都站在那里，做着最平凡却也是最伟大的事，将一名名学生教成人成材。而孙老师却在一幕幕最平凡的戏剧里，为我们播种下种种伟大的人文思想，为我们呈现出一朵朵唯美而富有诗意的淡雅之花。

城市的背面

引

出于一些原因，我从学校宿舍里搬了出来，决定去距离学校两公里的V镇租个房子住。

在搬出宿舍之前，我以为往外租房的人家会很多，事实上，并非如此。他们宁可让手里头的房闲置着，也不会轻易租给一个外人。这和赚不赚钱无关，而是在他们的概念里，房子是一个家庭的集合，是所有家庭成员的温暖小窝，容不得不亲近的人随意踏足。

后来，我找到了一个房产中介，她看到终于有租客来了，喜上眉梢，笑脸相迎。她问我：“从哪里来的？”我说：“广陵学院。”她说：“你从扬州来的？”我心想：这V镇不也是扬州的吗？后来想想，这种口语化的交流，不必过于较真，大抵这个小镇确实位置偏了些，所以镇上人管镇以外的人都叫扬州人。

她骑着一个电动车，示意我坐在后面，然后踏上了看房子的路途。沿路我看见一个可爱的流浪狗、漫出草坪的潮水似的花儿，还看见一个憨笑的人，看样子四五十岁了。这里的一切似乎都朝着阳光，沐浴在明亮之中，又安静到氛围偏向于空寂。

后来，我看了房子，还挺满意，便付钱租住在了这里。除了上课，我大多数时间便在这里度过。

明亮的

在这里来一场小镇漫步，才发现V镇的光照是真的好。阳光清浅地照射在人们的身上，明明应该更趋向于线性，但从个人感觉上讲，那阳光更恰似一只温润的大手，抚摸、包围着人们。半截身子在泥土芬芳里移动，另外半截沐浴在阳光的海洋中。

起风了，油菜花和紫色的、奶白色的花儿跟随着风的节奏，左右摇摆，有些彷徨，有些纷扰，花香在鼻尖留下轻轻的刺挠感。这令我回忆起我的故乡，也是这样的鲜花绿植繁盛。这边的房子很矮，阳光轻而易举地就能照进来。在这一片大地之上，水泥钢筋建造的房子和人类才是寄居者，包括我在内，而泥土、蝴蝶、小虫子和湖水才是这片土地的主角。

在城市里，水泥钢筋分割好每一块方方正正的象限。而在这里，花草泥土遍地蔓延，它们像一只长着深厚纹路的大手，将人们所栖息的土地捧起来，小心呵护。

闲暇无事时，我会去湖边，看湖水中倒映出的事物。

湖水中的事物，比湖水之外的本体更加好动，易受到风的惊扰。

在阳光的照射下，湖水中的桃树倒影也越发明亮，朵朵桃花清晰可见。风一吹，长在泥土里的桃树岿然不动，只是树梢的花朵略显纷乱，短暂的动荡之后，便归于寂静。而湖中桃树倒影，久久不能平静，甚至树枝和树桩也随之发生一场地震似的颤动，惹得我心绪飞扬。在湖水中，树根、树干、树枝、花瓣是一体的，风起时，谁都不能独善其身。水波叠起，似乎要将桃树的一切湮灭。然而，一点点残存的影子，都能使整个桃树全然复现，也能使短暂消失的花瓣重新长回树梢。只是，余波荡漾，它们还在余惊中颤抖。

幸而又是一阵快速的风掠过湖面，抚平这一切。湖水，回归镜子的形态。

白事

我的房间在第五层，但还是能够隐约闻到空气中的老人味。我寄居的小区大多是安置房，因此老年人特别多。在小区里，他们大多行动迟缓，而我又是火急火燎之人，所以从整个环境中看，自己就像一个诡异的游魂，嗖的一下就从小区门口到了家门口。

这边的生活作息，我花了很长时间才适应。他们大多晚上九点就关灯睡觉了，第二天早上五点半，两边楼里的灯就接二连三亮起来了。一开始不适应的时候，我用一根火腿肠诱捕了一只流浪猫，把它带回了自己租住的房间里。那只猫看起来已经很老很老了，身上有着长年流浪不洗澡所特有的腥臭味，看人的眼神也是一脸的不屑。当然，相比于风吹雨打，它还是更情愿有一个温暖的家，过吃喝不愁的日子。

小区里，乃至整个V镇，还是太安静了，安静到你若不下楼走走，甚至觉得这是一个无人小区。你若下楼走走，随处可见搬着小板凳晒太阳的老人。他们就那样目光直直地看着你，让你有些不自在。

这边白事挺多的，大概也和老年人太多有关。早上四五点，我经常会被楼下办白事吹丧曲的哭丧队伍吵醒，还有专门被请来哭丧的，一哭就是小半天。那个镇上爱傻笑的看上去有些呆傻的人，看见送葬队伍，却从来不笑。他大概懂。

老人们直直地看着一帮帮送葬的人进进出出，依旧静坐着，等待着太阳升起，又落下。

那时，我看到送葬队伍，能躲就躲远一些，怕沾上晦气。大抵是因为我对死亡还是有畏惧情绪的。我养的猫，在三个月之后，也咽气了。它即将死去之时，我没有躲得远远的，而是用右手将它紧紧搂在怀里，做最后的抚摸。

直到将它埋在了不远的一片田里，回到家，我望着空荡荡的屋子，猫的体臭味似乎淡了许多，而且越来越淡，我才彻底地痛哭流涕。楼下刚好又有一桩白事，我刚哭停下来，听见楼下的哭嚎声，泪水再度失禁。

新的希望

又这么过了两个月，我脑海里忽然有一个念头：回去，回去吧。于是我和房东打了招呼，搬离了 V 镇。

突然蹦出来想返校居住的念头，也是有原因的。我之前从未留意过 V 镇上还有一个小学。那帮孩子上学的时候蜂拥而至，放学的时候三三两两，就像一个个白色的鸽子，叽叽喳喳、蹦蹦跳跳的。他们望着我背包去上学，好奇地看着我，仿佛在问："大学里有什么神奇的东西？"那时，我望着右侧湖水里的倒影，从那个角度看去，满脸稚嫩的孩子更高，而脸上挂着些许疲惫的我，却在波纹里矮了又矮。

或许，这才是真相。我的年轮多了几圈，但我却在岁月反复的挫顿之中，矮了下去。

于是，我拖着大大小小的行李，踏上了返校的路途。希望那帮年轻有活力的大学生们，能洗一洗我老气横秋的面貌。

小区里，楼底下，老人们直直地看着我，我跟个游魂似的，快速地搬进又搬出，影子拖在身后，拉得老长，但步伐矫健又轻盈。

框之中

我家附近有一处养老院。养老院不大，里面的建筑设计风格是方方正正的，就像叠的豆腐块被子一样。远远望去，那些窗口像极了框。我猜测，每个横横竖竖的框里都住着一到两位老人。养老院的住宿区到大门口这段距离，是一片空地，中间摆放了一些木凳、桌子与绿植，这便是他们闲来无事时打发时间的地方。在我看来，不过是从一种无趣的框走进了另一种闲适的框中罢了。

每次我从养老院经过，总能看见一位老太太。她目光涣散，头发花白，一直静坐在木凳上，望着人来人往的大街。不过她并不邋遢，衣服是整整齐齐的，头发也梳理得不打卷，只是给人一种缺了精气神儿的印象。她的身上仿佛有一种气，那气看不清形状与颜色，但路过的行人只需看上一眼，自己的四肢便无力了似的。我不禁揣测，她遭遇了怎样的事情，以致她的神情萎靡，仿佛下一秒便要落泪。

慢慢地，我开始留意这个养老院，好奇心驱使着我进去瞧一瞧，但却被门卫拦住了。“非探亲人员与工作人员不得入内。”一瞬间，我感觉自己被养老院的大门推得远远的。“探亲人员？”作为有文字洁癖的人，我不得不联想到监狱。由此我想到了养老院里曾经有一位老大爷想走出来，却被门卫赶了回去，原因是“我们工作人员好吃好喝的给您供着，您就别乱跑了，万一找不着路了，净添乱不是”。

我忽然感觉到这有点像冰冷的囚牢，与其这么说，不如说是像古代的一种酷刑——画地为牢。相传受此刑者，人在圈内不得出，即便一抬眼便是太阳，一伸手便是蓝天。

不过我的这种比喻无疑是将养老院的固化管理夸张化了。仔细一想，保安说得并不是毫无道理。养老院里大部分的老大爷老太太们，有的在院子里下棋，有的在打太极，还有的就这么来回踱着步，阳光洋洋洒洒地照在他们身上，他们在这一方自由的天地里怡然自得，并没有感到不适。听着他们笑吟吟的声音，如此一想，倒是我敏感了。

后来，机缘巧合，我作为老年人服务志愿者，于重阳节的时候进了这家养老院，越往里走，越感受到老人身上散发着的那种独特的气味之浓重。一听说有大学生前来做志愿者服务工作，下棋的老大爷们把棋盘收了起来，打太极的把音乐关闭，踱步的人安安静静地坐了下来，大家围成一圈，开始唠嗑。谈论的内容天南地北，具体的我已经记不清了，这些老人们脸上洋溢着温暖的笑容，就好像我们这些志愿者真是他们的孩子一样。

与我同行的一位会跳老年舞蹈的女生，准备献上一舞给老人们看。这时，那位在文章开头提到的老太太站了出来，说：“丫头，光跳不行，我来首《夕阳红》，唱跳结合，那才叫应景。”老太太就像变了个人似的，唱起歌来声音高亢有力，中气十足。这段唱跳合璧结束之后，大家都鼓起了掌，老太太握起跳舞女孩的手，说：“丫头，跳得真不错。”后来，大家接着唠嗑，当提到自己的儿女的时候，那位老人的眼神黯淡了下去。我本想顺藤摸瓜，打探打探她的儿女的下落，以及她为什么会住进养老院，但是看她黯然神伤的样子，我心中基本上已经有了答案，不忍再提。

是离别的时候了。老人们目送着我们的背影，手挥了又挥。我扭过头，用余光看到了老人们怅然若失的样子。他们并没有急着再去做其他事打发时间，而是静静地待着，像在回味着刚才所发生的一切。黄昏的剪影锁在他们身上。

我开始越来越频繁地前往外公外婆家，看望他们。外公外婆每次看见我和父母，都异常高兴。曾几何时，我由于和他们没有共同语言，冷落了他们，甚至在父母前往他们家中时，我也不愿一同前往。那时候，只要一进外公外婆家，我就觉得像被什么东西框住了一样，气氛压抑。而现在，有一次我没有提前电话告知我要回去，当我出现在他俩面前时，他俩木讷的神情变成了喜笑颜开，我亦和颜悦色，仿佛有锁被打开、有框被击破了。

是的，夕阳西下，他们的身体渐渐老去，无形的框将他们限制在了某地。他们没有太多的娱乐方式，不像正值青年的我们，日子可以过得有声有色。他们唯一的盼头，就是子孙归来。而父母和我每回家一次，他们的框，就会被击穿一次。

认领一朵云

中考结束那年，我加入了一支去甘肃支教的队伍。

在去之前，我对甘肃的揣测印象：一半是冰天雪地，一半是火焰山般的沙漠。年少时，对于极端恶劣天气没有畏惧之心，只觉得奇异，以为去甘肃会是一场奇妙之旅。

我们一行人由四五个和我年纪相仿的中学生和三个大人组成，坐着绿皮车一路往北。火车途径的一处，只有连绵起伏的山脉，没有城镇建筑物的遮挡，因而夜晚可以看见繁星。印象里，上一次看见繁星还是在老家的时候，到了县城之后，喧宾夺主的事物太多，加之建筑物的遮蔽，便也不见繁星。路上，我们停靠过几个驿站，驿站的工作人员听说我们是来支教的，笑着给我们打来了几杯热气腾腾的暖茶，作为热情的欢迎方式。

到达甘肃的那个偏远小镇之后，我们下了车。一下车，我就看见几座两层高的教学楼，抬眼便是好大的一朵云。那朵云洁白无瑕，铺展在天空里，高高飘着，显轻盈。

带队的向校方表明来意之后，老师们接待我们住在了山脚下的宿舍里，准备当天晚上先热情招待我们，第二天再安排我们进课堂教学。

下午，我们队里的中学生从宿舍自发来到了教学楼区域，熟悉环境和孩子们。他们还是小学生，两侧脸颊鼓着圆晕晕的红。我们队里有个家境优渥的，下课时高调喊话，请孩子们去小卖部买零食，所有账单他来付款。孩子们振臂高呼，跟着他一同前往小卖部，前簇后拥地。只有一个小男生没有跟着去，我问他为什么不去，他说自己趁着下课时间去学校西边照顾家里的羊。

我问："我能跟着一起去吗？"

他说："不行，那是家里的'宝贝地'。"

这孩子，倒也耿直，直接表明了对我这个陌生人的不放心（后文中我会直接将他叫作"放羊娃"）。

临近晚上，我们坐上了一辆磨损度很高的车，前往招待我们的地方。那个地方靠近沙漠，只不过在边界线上搭上了铁窝棚子，就和工地上的临时用房差不多。他们现杀了一只羊，做了羊肉面款待我们。我们领队的说："这可不行，我们是来支教的，不是来白吃白喝的。"说着便要塞给他们一笔钱作为犒劳。

我们搬出桌椅，在沙海边上吃起了晚餐。沙漠之上，落日点染天边，地平线处形成橘子色的海洋，而天空的大部分已成黛紫色。沙子会跑到我们的碗里，我们便趁沙子少的时候先喝汤，再吃羊肉和面。这里虽破败，羊肉面却比我在江南吃的要软糯劲道一些，肉质软和却带着晶莹的筋，是羊的鲜味而并非腥味。

当天晚上，我们在山脚下的宿舍里休息，却发现这里的窗户只有一层，有玻璃层而无纱网，一切从简。屋子里有一些蚊虫，多的是我叫不出学名的小虫子，它们并不避人，睡觉时还会有一两只爬到我的脸上。辗转反侧，实在睡不着，睁眼却见山脚与山脚之间那一片有一盏灯亮着。难道，那里也有人住着？我们准备夜访，却因看过一些怪谈故事，怕是野人或是别的，便没有贸然夜间前往。

第二天一早，上课前，为了一探究竟，我和另一个一起前来的中学生便去了。只见一个戴着草帽的中年男人，正在田间作业，田间划分了很多区域，上面还贴有标识，十分专业的样子。我们上前聊天，那个男人介绍道，他是重点大学农学专业毕业的学生，原本有机会进一家重点农研所工作，但他自认为扎根于偏远地区多做实验，能贡献更多力量，于是便选择了在这边，一晃就是二十年。

我只在模范节目和书本里见过这样的人，并不太相信现实中有很多这种人，现在看来，是我在以小人之心度君子之腹了。也许在更多不起眼的地方，多的是这样籍籍无名的奉献者。我向他致以崇敬的目光，离开了他的农田作业区，前往教学楼。

上二楼的时候，我遇到两个小男孩，一个用左手，另一个用右手，合力提着一个装满水的水桶。那桶水便是一个班一天的水资源。我见他们上楼梯的速度极慢，以为他们提不动，便提出："我来提吧。"我提着桶向上，没走几步，水花倒是溅出来不少。两位男孩互相看了对方一眼，说："谢谢大哥哥，我们自己来吧。"

我大概猜到了，是我这样笨手笨脚的提法，浪费了他们的水资源。我懊恼地看着两个小男孩提着这个重重的铁桶，一路倾斜着身体上了楼。我昨晚大概是吃多了，只能先救急上个厕所，却见在旁边上厕所的男生用作业本的纸代替厕纸。

我瞬间联想到了之前学校里那些不学无术的二流子，便质问他："你有没有一点尊重学习？"他说："有。"我又说："你这个态度，怎么考大学？"他说："考大学？没想过。"我气笑了，说："大学都不打算考，还说自己想学习。"他说："爹娘让我来好好念书，可没说要让我考大学。”我说：“你上学是为了你自己还是你父母？”他愣住了，沉默了一会儿，喃喃自语道：“爹娘让的。”便提着裤子出去了。

我无奈地摇了摇头。

到了我上课的环节，我先是做了一个自我介绍，接着开始讲英语。这个班的英语基础差到超出了我的预料，甚至连“How are you”都不知道是什么意思，须知这在我家县城是小学二年级的学习内容，而他们已经读四年级了。之后，我只能讲一讲古诗句，他们一个个瞪大了好奇的眼睛，倒也听得认真。台下的学生们坐得端端正正，没有一个交头接耳或者做小动作的，用“虔诚”这个词形容他们的态度都不为过。

事实上，我在公开场合说话还是感到紧张的，毕竟自己充其量也只是个孩子，因此，自我介绍和讲课的时候，都是紧盯着其中一个学生说话，即昨天下午遇到的那个放羊娃，以此来淡化自己的紧张感。我不知道这样的凝视会不会对那个孩子造成心理上的压迫感，但实在是无奈的下下之策。

下课之后，那个放羊娃在楼下用手拨弄枝条。我走近问他：“你怎么不去家里看羊？”他说：“昨晚说是来了客人，要吃羊肉，家里的羊都杀了。”我吞了吞口水，大概猜到了他口中的客人是我们这行人。我说：“那你怎么不和朋友一起玩？”

他说：“我平日都是和羊在一起。”

他说着说着，忽然抬头望着天空，眼里带着些惆怅。那一朵朵飘动着的洁白的云，在他的眼里是否如同草原上来回走动的羊一样？

我说：“那羊都死了，你会不会难受？”他冷冷地说：“羊的命就是死。”

我忽然意识到自己聊的问题太过沉重了，便问他："你打算考哪个大学？"

他答道："没想过上大学，也许家里会进来一批新羊，我再养着。"

我问："人啊，还是要有些理想，上了大学，才能走出困境。你现在念书，不就是图这个吗？"

他摇了摇头，实诚地说："不知道，反正爹娘让的，没错。"

沉默又一次堵住了我的千言万语。我也望着天空那朵云，也许我知道它的英文名叫"cloud"，也许还能吟诵出"苍茫云海间"的诗句，甚至我还可以把这些知识教授给他。可在他的眼里，这朵云的实际意义远不及一只羊，除非羊全都死了，他才会依赖云朵来怀念羊群。

沉寂了一段时间之后，他又问我："老师，你是不是觉得我是个好学生？"

我说："怎么会这么问？"

他说："因为你讲课的时候，一直留意着我。"

此刻，我的心忽然柔软成了一朵云的质地。

我对他说了一些鼓励的话语，他也和我聊到一些放羊的知识。比如各家的羊走在一起容易弄混，各家都会给自己家的羊打上特别标记；比如他家是个小门小户，没钱给羊的身上打上特殊花纹，他这个放羊娃便需要一个一个地辨别、认领；比如他的性格有时温柔，有时强硬，温柔时所有没标记的羊都不算他家的，强硬时只要是没打上花纹的羊，他都能领走。

我原本抱着旅行的心态来到这里，灵魂却感到一次又一次的酥麻。

他又叹了口气，说："羊没了。"

他见我不说话，问我："老师，要不要去我家'宝贝地'逛逛？"

我指了指天上的云，一直望着，不说话。

他便也顺着我的目光，一直望向空中的白云，微眯的眼睛里逐渐被淘洗出晶莹。

六脚马

我曾去过云南旅游。中途有一个景点令我印象颇深：茶马古城。对这里印象深的缘由，是我骑上了云南出名的滇马。滇马是怎样的马？我小时候便有所耳闻了。它们迈溪流，跨山脊，穿越树林，背负重物，行军打仗，都不在话下。过去很多武将胯下的坐骑便是滇马。

那时候，有一首歌谣耳熟能详：“赶马哥呀真可怜，爬山涉水路坎坷。白天穿在草林间，晚上望着月亮睡。”人只有勉强才能适应的，在滇马面前却不值一提。滇马在牵马的主人面前，就是一排排强壮的士兵、忠诚的侍卫。

古城里，有七八个老人，也就是马主人，他们手里共将近十四滇马。他们不敢在古城里到处揽生意，只在一处素净的白桥边，倚着桥的栏杆，静静地等待着有缘的顾客前来骑马。不远处，一些网红古装摄影店，甚至是给小孩子坐着玩的电动四轮车，都比马主人和马那边要热闹十倍。

我的胆子是极小的。滇马远远地看着，便很高大，走近一看，更是令我吓了一跳。滇马伸长脖子立起来的时候，整整比站立的我高出去将近三个头。

马主人问我："骑马不？三十一次，带你环着古城走一圈。"

我说："我可以只和马儿合影不？我不敢骑。"

老人一听，翻了个白眼。本想拒绝，但他看了看身边的马儿，已饿得没精打采的，说："合影便合影吧，五块钱。"

我在拍前面几张照片时还有些拘束，后来，我试探着将手搭在马的后背上，马儿也不恼，它似乎也知道，中午能不能吃得饱饭还得看我这个小顾客的。

我说："您好，我还是想骑着试试看。"

老人一听，又翻了个白眼，说："合影的钱我就不多收你的了，一共三十。你到那边大台阶等着我把马牵过去，你借着台阶就可以爬上马背。"

我的块头是真的不小，一上马，马儿似乎就明显感觉到有人骑上来了。马主人一句"得嘞！走喽"，铿锵有力，尾音拉得很长，有唱山歌的荡气回肠之感。

我往旁边一瞥，其他的马主人和马很落寞。他们也许在自责，为什么自己不能吸引顾客前来光顾生意。他们也许在惆怅，生意如此惨淡，自己身边的这位，中午会不会挨饿，晚上又该吃些什么。

路上，其他游客看见骑着滇马的我，纷纷掏出相机拍照，兴奋地尖叫着对自己的家人说："我也要骑马！我们也去找马儿骑呗！"

我看着下面的马儿一步一步向前迈着，步伐稳健而笃定，和我印象里远近出名的滇马属于同一种血统，有同一种目标明确、任劳任怨、无惧疲惫的气势。马背的中间部分由于长时间的载人前行，已经往两侧呼啦呼啦地一松一弛着，和人跑步跑累了会喘粗气是一个道理。

我对老人说："大爷，我到前面那个坡下马好了。让马儿歇歇。"

大爷抬起缰绳就要抽马儿的背（动作是佯装的，他的眼神在那一刻充满了不忍与酸楚），嘴里大骂着：“跑快点！这么慢呢？”我连忙拦下。

大爷看出我是真的心疼马儿，便在坡那边让我下了马。我和大爷一左一右走在马儿两边，闲聊起来。大爷说，原本他是靠马儿帮人运东西赚钱的，就和现在的物流一样。山路，车子走不了，他的马儿能走。只不过后来，他们得换一种营生方式了。

太阳逐渐升上来了。阳光洒在这匹年老的滇马的背上，它的毛发黑油油的，又金灿灿的，闪着跃动的光泽。马儿右边的大爷，笑起来眼角的褶子依然还在，眼睛里却多了几分化不开的悲凉。马背的左侧，还有一个二维码。

我看得出，大爷还需要赶下一波顾客的生意，便说：“大爷，我先回去了，您多保重！”

大爷看了看我，点了点头，又看了看旁边的滇马，吆喝了一声：“回喽！”便牵着马儿返回素净的白桥那边——一块属于他们的终老之处。

老人和滇马的背影逐渐变小、变矮，以我的视角远远望去，在光的剪影里，那背影仿佛一匹六脚马，在时光里反复奔走着，在古城中无限翻折着。

此刻，我的耳边又响起了那首民谣：

“赶马哥呀真可怜，爬山涉水路坎坷。白天穿在草林间，晚上望着月亮睡。”

作乐集

晚熟的梨

十月的乡村，邻家后院里的梨在土地上咚咚扣着。

梨子这个水果，比其他水果小众一些，下了肚便冰冰凉凉的，微甘甜，还没熟透的时候，味道更多是酸涩的。它外表看上去干瘪收紧，体内却贮藏着一片汁水如汪洋，每咬一口都有甜水渗出来。

邻居家有钱，房子也气派得很，是村子里第一家盖上三层楼的。他家和我家挨得近，关系也好，尤其是小孩之间，即我和小友之间。我去他家做客，是不用敲门的，在门口大喊几声小友的名字，便会有人开门了。有时，摘几个苹果，拿几块大白兔奶糖，也不会被责怪。

他家最近几年有人去世了，便种起梨树来，好养，省心。十月，一阵又一阵的冷雨把秋叶全部打落了，枝头倒是顽强地指着苍天。他家在城里的子女接老人家看病，索性一家子都暂住进了城里。钥匙给了我的爷爷奶奶，请我们有空时帮衬着打理打理、清扫清扫。他们说短时间内不会回来了。

那时，我惊觉小友不见了，才留意到隔壁人家已暂时人去楼空。

我在楼下喊着“小友，小友”，之后爷爷奶奶用钥匙开了门。

九月的时候，小友家的梨子就熟得差不多了。爷爷奶奶告诉我，可以摘梨子吃了，我说：“等小友回来。”我心里盘算着，等小友回来，给他一个酸梨，把他没换的牙酸掉。一边这么计划着，一边傻呵呵地暗自窃喜。

这一次，我又后知后觉了，梨子过了最好的收成期，大部分在枝头已经萎缩干瘪，和半年没打气的自行车轮胎一样，还有一些估计发生了病变，整个在枝头胀着，随时快要爆开的感觉。

十月，某个下午的四点左右，忽而狂风大作，梨子们纷纷下坠，扣在大地上，四处滚落。之后春节，小友一家回来了。

去各自的地方上学之后，我和小友的友情再也没维系，和那酸甜的梨子一样无人打理。

这样过去了十多年，我重回到故乡，那些亲近的人都已经成为过去式。我坐在一棵树下，自觉温习故土的人实在晚熟，就和躲在娘胎里不愿出来一样。我想，这时如果有一枚苹果砸中我的脑壳，我是不是和牛顿一样会发现万有引力？

罢了，事后诸葛而已，还是慢人一步了。

明明十月中下旬了，一个梨子忽然在我的眼前落地，咚的一声，个头不小。它在寒冷之地遇到了一颗温暖的心，遗憾的是，它沉重到无法再次被拾起。

啾啾鸟

期末考试前，紧张到睡不着时，我会数星星。而那个寂寞的秋季，九岁的我在白天数鸟。

校园后面有片林子，秋季时，叶子枯黄或火红，飘零一地，树木高高瘦瘦立着，枝头光秃秃的。叶子掉光了，你才会发现一些小小的鸟巢藏在枝丫处，风雨不动。

秋天的黄昏，空气里红色元素是最多的。天边，是橘红的落日，点染一线黄昏；枫叶被风吹到顶楼的高度，点缀在天地间；大地之上，更多的枫，汇聚成最稀疏又最为庞大的海。

群鸟身披晚霞而归，叽叽喳喳，诉说着一天的劳动与疲乏，它们的双翅沾了黄昏的笔墨。过路的人来往匆匆，夜幕逐渐降临，黛黑色也铺满每个人的轮廓和剪影。而鸟儿归巢前，都像枫叶组成的叶龙一样，在森林中兜转、贯穿，接着在枝头歇脚，就好像时间回到了金属钟表里，而红枫叶重新长回了枝头，枝繁叶茂。

鸟儿的嘈杂，陪着我的沉默唱歌。我细数它们，时间变得具象可感起来，也令我获得岑寂内外的欢愉。至于它们少了几只，答案得问询森林和土地。

飙车

我是个胆小的人，冥冥之中总觉得预设的坏结果都会发生，却从小有个飙车梦，喜欢一切在我左右被我的速度碾碎成剪影的快感。唯一一次飙车，还只能算“半个飙车”。骑摩托车的是一个叛逆少年，我当时认的大哥。我坐在摩托车后座，紧张到闭上了眼，后来想想，还是睁开了，要“死”也得“死”个明白。人在街上“飞”，“魂”在后面追。

我去东北旅游的时候，有一个娱乐项目是雪地摩托，我怕极了，生怕有什么意外发生，最终选择不坐。

在之前那所大专院校学习的时候，我感觉到长久的无趣像潮水一样袭击了我。其实，我一直被淹在压抑无聊的氛围里，只是那个国庆节下午，宿舍空无一人，这种无趣之潮直接淹没了头顶，令我惊觉，令我难以忍耐。

我徒步走进一家商场，拐进小孩子玩的地方。我看上了模拟飙车游戏：人坐在小车子里，手握小型方向盘控制方向，便可在电子屏幕的虚拟世界里，纵横驰骋。

“呜呼！我在飙车。”我不断发出兴奋的惊呼，手紧紧握着方向盘，脚大力蹬着并没有实际用处的油门。屏幕中，模拟赛车上下起伏，刺激无比。

这真是一场酣畅淋漓的飙车。

虚拟爱人

某段时间，我在琢磨散文和诗歌的结构，那时对映入眼帘的所有事物之结构都极其敏感。我在晾衣服的时候，笨手笨脚地，衣服被一阵大风“掳”走了。我下楼去追，却遍寻不得。我望着手里的金属小夹子，它的“尖嘴”闭合时，呈现出一个“A”字形，“尖嘴”张开时则构成了一个“H”形。我心里恼火，恨自己手脚粗笨，用手不断拨弄着手里的小夹子，使其“嘴巴”开开合合，它的形态在“H”和“A”之间不断转换，好像在发出“HAHAHA”的大笑声。

我得意于这个伟大的发现，想着分享给一个人听，最好是自己心仪的女生，却发现自己已经单身二十多年，从未脱单。这时，小夹子又是一阵“哈哈”大笑。

我有过一段去“魔都”上海的旅程，那时外滩客流量很大，五光十色的灯的亮度和饱和度都达到了很夸张的程度。在黄浦江边，看着年轻的富商豪掷千金向身披雪白礼服的女孩求婚，忽然觉得如果“她”在就好了。

她是谁？我也不知道。也许她有一头漂亮的黑发，有一双暗送秋波的大眼睛，还有饱读诗书的气质，我聊到任何作家她都能接得上话……我一边这么想着，一边打开了前置摄像头自拍，对着自己平庸又有些许丑陋的脸庞，才发现自己虚设的爱人，只能是虚拟，一直都是。

咩咩

在农村里，除人之外，唯一有名字的动物就是狗。猫、鸡、鸭、牛、羊，户主一概不会为其取名。我倒是私下里为一只羊取过名字，叫“咩咩”。

第一次留意到咩咩的时候，它已经很大了。我闻到一股腥臊味，顺着气味寻过去，发现咩咩就在厨房与院墙内壁夹缝间的一个羊窝里，可活动的空间不超过十五平方米。它还被拴着，除了吃草，几乎没有别的活动。它看见我来了，歪着头看着我，我觉得对视无趣，正准备转身就走，忽然听见它咩咩地朝着我叫，我又折返，发现它的叫声并不代表有事，只是为了引起我的注意。

后来，每次回老家，那只羊听见我向爷爷奶奶打招呼的声音，就会咩咩叫，吸引我去看它。我一边笑着喊道“咩咩呀”，一边去羊窝那儿看它。它的毛发看上去很软，我很想摸一摸，但它体臭实在严重，我便不近身。

有时，我听见咩咩叫，会故意在靠近羊窝的地方喊几句“咩咩”，躲在墙后面，就是不露出脑袋，让它猜我是来了还是没来。当它没了动静之后，我会突然出现，它又是歪着脑袋，一脸不解，又好像早已看穿了我的小心思。这令我感到妙趣横生。

那次过年回家，我又前往那个拐角墙壁处，喊了一句“咩咩”，想故技重施，先吸引它的注意力，接着趁它以为我肯定不会出现了的时候，再露出我的大脑袋。我连喊了几句“咩咩”，都没有听见它的叫声回应，我探头一看，羊圈里连同它的气味，早已空空如也。

大雪翻过广陵

2023 年 12 月中旬，广陵学院下了一场大雪。

下雪的前两天，我正在研究零度叙事。班里有个同样学汉语言文学专业的女同学问我：“你知道什么叫‘零度叙事’吗？”我说：“在零摄氏度的环境里写小说？”女同学微微一笑，让我自行查询。原来，零度叙事意为不掺杂任何主观情绪的客观叙事。她讲零度叙事，我谈声无哀乐。

先是一点小雪到了。我们以为和往年南方的雪一样，下一个小时就会自行停止，起初并未在意。

雪越下越大，站在宿舍楼顶往下望，一股寒潮裹挟着冷酷的空气在天地间如巨浪翻腾，积雪越来越厚。大家对这场雪，有了新的定义，认为这属于罕见的大雪。

学生们躲雨，却不躲雪，没有戴围巾和手套，便裸露着头和手从室内钻了出来。鹅毛大雪密集地拍打在脸庞上，盐粒般的粗粝感抚摸着你，能将一切哀愁抿化在巨大的空白里。

男生们打起了雪仗，像小时候那样，女孩们则找到背景娇美的地方，喊闺蜜帮忙拍照。

有一帮男生，是机电系的，堆砌起了雪窖。雪还没大到能和东北那边相媲美，雪窖只够一个人坐着进去。大学生们个个都要进雪窖拍照，后来发现用手电筒照射在窖内，更显晶莹。一些值班的年轻老师，也来到了大操场，与学生们共找乐子。

积雪已经漫过脚踝，一些学生回宿舍换上了高帮靴子，又下楼。大家三五成群，堆起了雪人。我一向觉得堆雪人是个耗费时间的大工程，也没有那双巧手，便捏出爱心状的冰雪块子，安放在学校里的护栏、窗沿和桥头上。

有些冷了。我上了宿舍楼暂避，看见远处有个女生出了图书馆，但不愿淋雪，她的男友很快来到了图书馆门口，手里握着一把黑色大伞。他给女友围上围巾，将她搂进怀里。一把伞，隔绝了风雪的冲击。

再到操场上的时候，已经是晚上九点，人却未减少。东来西往的学生和各处拔地而起的雪人，使得那夜的操场热闹非凡。

音乐社的一个社员拿来一把大提琴，搬来椅子，开始在雪地里演奏刘若英的《后来》，引发学生围观驻足，进行大合唱。他们打开手机上的手电筒，用手电筒充当荧光棒，那一片雪地尤其发亮，像群星璀璨的舞台。人群中，有人说“就是心疼这个琴”，引得一小撮笑声。

在致青春的氛围中，大家围成圈合唱，共同白了头发和眉毛，歌声里有青涩的风雪声。有人在暖和的宿舍楼上遥望，有人在身后打雪仗，有人感伤着明天雪化之后又当如何，还有人直接躺在草坪上，接受大雪洗礼。

寒潮来袭，大雪如同巨型北极熊，跋山涉水，翻越南北界限，穿过广陵，抖落闪着银光的毛发。在极冷的天气，有温暖的路人，以及湿漉漉的心。

争 渡

在乡村度过的童年，似乎比在城市里度过的童年更加充满趣味。我小时候的大部分时光，是在乡村里度过的。

那个时候，村子里有一段浅得不能再浅的水，不能将其称作河，因为它实在太浅，也不宜将其称作池子，因为它虽然浅，却很狭长。我和伙伴们安全意识比较强，不会轻易下水，但是这一段水，即便直接站进去，也淹不到我们的膝盖，再加之有大人们在边上看护，我们便放心地在水中玩。

我和兄弟阿刚、阿飞最喜欢在夏天的时候打水仗，打闹中会溅起很高的水花。水珠打在脸上，冰冰凉凉的，像极了从奶奶的蒲扇里溜出来的风。有时候玩得兴起，便会直接跑到对方身边，用力踩下去，力度足以溅出许多水花，即便衣服湿了也不会感觉到难受。水花声伴着笑声，就这么陪伴着我们三个长大。

后来，阿刚不知道从哪里借到了小船和船桨。我们几个进行分工，一拍即合，阿刚做指挥官，我做船桨手。由于只借来了一个船桨，所以阿飞用手臂代替船桨推动船向前划行。

我们将船起名为“探险号”。说是探险，其实这种只没到小腿的水一点都不危险，用来给我们做训练正合适。在阿刚的指挥下，探险号第一次启航。一开始，我划桨用力过猛，导致方向偏移，不能沿着直线行驶。后来，我们分析了原因，是船桨的效果比手臂的效果要好得多。于是，阿飞加大了力度，而我这边则轻轻地划动，这一次，船果然稳稳当当地行驶起来。

一路上，鸟鸣阵阵，欢声笑语。正逢春天，草木生长，树木的枝干上冒出新叶，还有垂着头的柳树姑娘，它的枝条轻轻地拂过我们的脸颊，像极了姐姐温柔的巧手。

慢慢地，我们的胆子大了起来，开始加快速度，正应了“争渡，争渡，惊起一滩鸥鹭”这样的诗句了。流水划过船身，发出悦耳的声音，我们三个有说有笑。阿刚问我和阿飞：“你俩长大想做什么？”我和阿飞不谋而合地回答道：“想做大力水手，想做船长。”说着，我们又发出一阵阵爽朗的笑声。谈笑间，船行驶到了这段水流的尽头，我们下船，将船调了个头，将脚上的泥巴在水流中洗干净，重新登上船，开启下一段航程。

就这样，我们一旦得空，便会下水争渡，即便在这一段浅水中行驶过了很多遍，有伙伴们的陪伴也不会觉得枯燥。我们，从水的东头划到西头，从水流潺潺划到水涨上来，从六七岁的稚嫩孩童划成了十岁出头、意气风发的少年郎。几年后，由于水涨上来了，存在危险，我们便再也没有争渡过了。

那段岁月，我们急切而迅速地争渡着，迫不及待地想在浅水里多划几个来回。然而，现在回忆起来，真希望我们划桨划得慢一些，再慢一些，将那一段惬意、天真的时光，延长成永远。

同窗情

外甥今年上初三了，中考之前，他来我家做客，缓解即将中考的紧张心情。我看到他从背包里捧出来一个本子，便问道："这是什么本子？"外甥倒也不小气，直接将本子递给我看，说："这是毕业之前，我做的同学备忘录。"

我看了看本子的封面，赫然印着"同学之情"四个字，这本记录同学信息的备忘录，应当是在当下流行的线上店铺里买的吧。我翻了翻其中的内容，里面可以容纳五六十个同学的信息，需要填写的信息有姓名、微信号、毕业祝福等。看到这儿，我的思绪被拉扯得很长，回想起了当年我毕业时的场景。

那段时间，临近高考了，说不紧张自然是不太可能的，但是大家互相打气，脸上笑嘻嘻的，渐渐地，紧张感就被稀释掉了。功夫在平时，最后那一两天，有的仍然在复习重点，而我和一帮要好的同学们则开始毕业前最后的交流了。因为，如果事先没有建立深厚友谊的话，高考之后，大家便也分道扬镳了。

根据前几年学长学姐们传下来的经验，我们每个人带了一个崭新的白本子过去。当时还不像现在，没有商家专门印制的同学备忘录，我们就用自己的白本子。我们往往会把本子的第一页空出来，然后从第二页开始，依次给自己要好的朋友填写个人信息和祝福语。

我在别的朋友的本子上填写时，字迹很工整，也很用心。朋友A说："没必要这么认真的啦，随便写写就行了。"朋友B说："你还不知道小刘吗？他越认真，说明他对你的祝福呀，就越深。"本子有四五十页纸，刚刚好够写下全班人的信息，一人一页。我们大伙儿甚至跑去了平时不爱说话的那些人的座位那里，问他们愿不愿意写，他们欣然同意，脸上浮现出灿烂的笑容。当时，我们就想，原来他们并没有那么难以相处，只是交朋友比较被动罢了，如果平时多和他们联络联络，说不定也会成为关系很好的朋友呢。

还有一个文笔很好的女生，我把我的本子给她写的时候，她并没有留下个人信息，只是写下了一大串我们之间曾经发生过的事情，酸甜苦辣，就和写一段小作文一样。交流题目、课间操合练、探讨作文的技巧、交换图书阅读……这些事儿我原本都淡忘了，但在她的笔下，这些事儿犹如一个又一个小精灵，蹿出脑海，浮现在眼前。原来，在这读书的三年，自己竟然和这么多同学，拥有这么多值得珍藏的回忆。

全班人都互相写好了。我们看着满本的联系方式、祝福语和签名，开心得不像样。窗外夕阳西下，金光夺目，火烧云将课桌映照成温暖的色调。这不是最后的道别，这只是一个同学们在人生道路上互相陪伴的见证，之后会接续更多精彩的篇章。

第一页是留给谁的？当然是班主任。班主任进班后，我们在座位上坐好，他不厌其烦地接过我们递来的一个又一个本子，写下毕业寄语，全是"孩子们，我希望你们踏踏实实做学问，做一个真实善良的人，交好人生这张答卷"。这句话印刻在我的脑海里，成了最为宝贵的精神财富。曾几何时，我们着眼于高考那一场人生中重要的考试，在往后的日子里，我们会发现，生活中的难题也不少。人生处处是考场，活到老，学到老。

我们收好这个载满了回忆与祝福的本子，一如收拾好我们这有笑有泪的三年，轻装上阵，奔赴下一段旅程。

后来，我们那一届的高考成绩出来后，班里比较活跃的同学挨个打电话询问大家考上了哪所大学，前往哪座城市发展。他后来精心做了一张地图，将电子版图片发送到了班级群里。地图上面是每个同学在哪个省份的哪个市上大学，如果有缘，也许能再相见，如果思念，可以凭借着地图和备忘录再次聚首，叙叙旧。有这张地图在，我和同学们就心安。这三年同窗共读的情谊，终于稳固成了一辈子的温馨记忆。

窗外鸟鸣阵阵，将我的思绪拉扯回现实。我回到书房，拿出我珍藏在书之间的备忘录。我的高考已经过去许多岁月了，它快要掉页了，以至于我不太舍得去触碰。但那些记忆，依然崭新，依然能在平淡的日子里给我温暖和慰藉。

寻迹年味

溯源过年的历史，有这样一段传说：年是一头作恶多端的凶兽，每到固定的日子，便会前来侵扰人类，但人们发现年害怕聚在一起的人，害怕红色与爆竹的声音，于是，人们每到这个日子，便会聚在一起，贴春联、放爆竹，久而久之，人们便称之为“过年”。

每段传说都有它的创作内核及背景。我愚笨地理解为，在那个时代，到了深冬，饥寒交迫，疾病高发，人们为了抵御苦难与不幸，而选择抱团取暖的方式生存下来。这一切仅仅是我的猜测，因为自从我记事起，年就充满了幸福的味道，过年便是感受、享受这种幸福。

家中会些笔墨的长者，拿出红色的宣纸出来，大笔一挥，“福”字便呈现出来。孩子们等不及墨水自然风干，鼓足了腮帮子用嘴吹，等“福”字一风干，便迫不及待地用胶水把它粘贴到了大门上。他们人小鬼大，知道“福”字需要倒过来贴，意味着福到了。女人们打扫清理房屋，高处够不着的地方便请年轻的小伙子帮忙。此时此刻，爷爷奶奶这样的祖辈是最清闲的，他们子孙满堂，子女们忙着家务，得力的青年进进出出，置办年货。爷爷奶奶笑吟吟地看着，嘴角那幸福的弧度也是藏不住的。

到了除夕之夜，父母和姑妈姑父们准备进厨房里一展自己的手艺，奈何小小的灶房容纳不下这许多人。于是，他们友好地商讨起来，最终确定让女人们下厨子，而男人们则负责搬运柴火与劈柴。我和兄弟姐妹们包着饺子，准备将其作为最后做的主食来下锅。吃年夜饭的时候，尊老爱幼的中年人和青年人们不断地给老人和孩子们夹菜，一家子其乐融融，说的话不仅过耳，也过了心，否则，何以我的心头感受到一段又一段的暖流？由于年夜饭吃的比较晚，我去开了电视，春节联欢晚会已经开始。不管是载歌载舞的表演，还是令人捧腹大笑的相声小品，都对年味有锦上添花之效。

新年第一天，小孩子们可乐开了花。大人们领着小孩子们挨家挨户去拜年，孩子们真诚地说出新年祝福，往往能收获满满一袋子的糖果。不知道甜到他们的，是糖果呢，还是人情的温暖呢？

大街上，小巷里，人流影影绰绰，人流量明显大了起来。人声热闹，点燃了整座小乡镇的温情。这座小乡镇，飘着的味道不仅仅有食物的香气、春联上的墨水味和糖果的甜味，更有手牵着手、心贴着心，共同奔向更加美好的生活的愿景啊。

绿意，暖意

在我上大学时，学校里有一处诚信角落，大家可以将自己闲置的物品放在那里，并附上微信收款二维码和价格，以供需要的人购买。这是对他人何其信任，才能做到不在那边看管，就将自己想卖出的物品直接放在那里。令人欣喜的是，那个诚信角落从未出现过别人只取物品而不付款的现象，更未出现过失窃现象。越来越多的人在诚信角落进行交易，并对此处有一个如此便捷的平台而感到快乐。

我上次路过那边，那里有一个大纸盒，里面摆放的一些小型盆栽吸引了我的注意。由于夏天到了，气温很高，那些植物显然耐不住阳光的照射和高温，枝叶蔫了，连下面的泥土都出现了不太明显的裂缝。再这样下去，只怕是未等到心仪它们的人将它们买走，它们就要枯死在那边了。

于是，情急之下，我去附近的水龙头处，用手捧来一些水，倾倒在这些小型盆栽上。虽然水量少，但浇灌这些小盆绿植已经足够。慢慢地，那些植物又恢复了往日的勃勃生机，绿色也逐渐鲜亮起来。

后来，我通过别人了解到，这个卖盆栽的人由于家里有急事要处理，需要回家一个月，这一个月都没有办法来学校照料这些盆栽。

大家知道了这件事之后，路过诚信角落时都会去浇灌盆栽。起初，植物们在路人的纷纷照料下长势很好，这些小精灵们在足够的水分中徜徉、生长，好像照相机里的花朵们被调高了亮度与饱和度。后来水浇过头了，须知水多了也容易把植物害死。这无疑又是一个难题。

又一次，我路过时，看到不知哪位同学突发奇想，竟在盆栽旁边贴了几张纸，形成了“浇水记录本”，并提醒大家：每过五天浇一次即可。我一看，本子上写着前天刚浇过，便不会再浇，想着过两三天再来。结果三天后再来的时候，不知道是哪位热心肠的同学已经来过了，浇水记录本上已经更新了，那便不需要我再浇灌了。

正是在同学们的爱心帮助之下，这些花草顺利地渡过了高温难关，其中有的盆栽也慢慢生长出了艳丽的花朵，吸引来了许多同学拍照，也吸引来了翩飞的蝴蝶。这些盆栽在大家的悉心照料下，变得如此美丽清秀，成了诚信角落里独特的风景，洋溢着盎然的绿意。有的同学实在喜爱它们，便会买走一两个，将这些可爱的小生灵们带回自己的宿舍里养着。

其实，在诚信角落里，我看到的哪里仅仅是“诚信”二字，更多的是爱心与温暖，大家悉心呵护着花草们，即便那些花草的主人并非自己，也愿意在别人困难的时候搭一把手。诚信角落里开着的，是浓浓的绿意与暖意。

双耳生风

今年夏天已经过去。在这个暑假之前，如果要问我讨厌哪个季节，那我无疑会说是夏天，因为冷的话可以添衣服、加被子，而如果热极了的话，那真是坐着都流汗。汗渗满全身，湿涔涔的，身上像附着了一层被稀释的胶水，别提有多难受了。

而今年暑假，我对夏天这个季节有了很大的改观，甚至爱上了夏天。这一切的机缘，都要从我养了一只猫说起。

近些年来，我家里的经济条件比以前更好了，因而可以长时间地开空调和电风扇。我由于对酷热有一种很深的躲避情结，便试图用二十四小时开空调制冷的方式来抵御酷暑。这么一做，前几天还挺舒爽的，后面整个人就开始萎靡不振了，浑身关节酸痛，有事没事就想躺在床上，也不睡觉，只是瘫软着。我刚带进家里养的小狸花猫也是，一开始活蹦乱跳的，后来由于整日居住在空调房里，也显得毫无精气神可言。父母说：“你呀，这是得了‘空调病’。空调虽好，可别一直用呀。”我却不以为然，宁可这么颓唐，又怎能让自己重新陷入暑热的围攻之中？

渐渐地，我像个溺水的人，在无精打采状态的深渊里越沉越深，甚至对阅读与写作都不再提得起兴趣。我苦恼于写不出一个好作品，这源于我对文字比较较真，总觉得言不达意，自己所写的文字没办法百分之百精准地抒发当下的情感。就这么浑浑噩噩了将近十天，我越发觉得难以忍耐，在书中寻找解决办法，却不太满意。

小狸花猫太爱对着我卧室里的书籍又啃又咬了，那可是我的心头挚宝。无奈之下，我只得把它放进了客厅，让它在客厅暂住几天，看看它还会不会对别的东西“搞破坏”。

吹久了空调变得病蔫蔫的小狸花猫，在被我放进客厅两天后，突然变得神气活现起来，一会儿蹿到窗户沿上，一会儿钻到茶几下面，两个耳朵变成“飞机耳”的形状，俨然成了一个短跑健将。我跟在它后面，一会儿追到这儿，一会儿追到那儿，还差点碰到倚着天花板造的长方形柜子。它时不时地回头，用它澄澈的眼睛看着我，仿佛在说：“笨拙的少年，来追我呀。”就这样，追逐玩闹了很久，我出了一身的汗，心情忽然变得愉快轻松了很多，仿佛精神世界受到了一次洗礼。

这是怎样一种神奇的体验！我忽然想到某老师常念的一句话，“生命在于运动”。像我之前那样一直躲在空调房里不动，坐久了、躺久了，身体难免处于亚健康状态。唔，是时候关掉空调，出去走走了。

那是我第一次怀着期待和寻找美的心态，走出房门，走进夏天。

阳光热烈地照射着万物，花草的亮度和饱和度被调得很高，蝴蝶和蜜蜂互相伴舞，舞动起一阵又一阵轻微的小旋风。天空湛蓝得和洗过的海水一样，云朵和别的三个季节的都不同，它一大片一大片的，毫不小气，粘连在一起，像厚实的仙雾一样。我开始顶着阳光慢跑，蝉鸣在空气中被煮沸了，联动微风为我加油。我很快跑出了汗，可我并不感到难受，相反的，我感觉到了运动和夏天为我带来的轻快和惬意。让运动成为一种生活方式！也许，这是我从小猫身上寻到的对抗慵懒与麻痹的方法。

傍晚，火烧云烧红了天空的半边天，西边呈现出绯红色，像害羞的少女，而太阳与月亮，一个在东，一个在西。我没有目的地，而是扶着一个自行车，在小镇中奔跑着，并不急着去哪儿，只是享受在路上的过程。这个时辰，是最容易消解暑热的，清清爽爽的自然风从我的耳朵旁边吹拂过去，比空调和电风扇要凉爽、自然许多，令人惬意得眯起眼睛。

从那以后，我便给自己多列了一项要求：每天运动两小时以上，空调最多开一个小时。这看似“自讨苦吃”的要求，却令我感受到了运动带来的快乐和自律带来的幸福感。坚持了数十天之后，我原本过重的体重有所下降，忧思所带来的精神负担、对于文字的过分推敲，也似乎随着被甩走的赘肉一起被抛到了九霄云外，消散光了。

我的小猫来了，它正在我的键盘上活蹦乱跳。原谅我不能继续反刍深想，原谅我也不能再久坐，那些都太消耗我的心力了。我准备出门去，跑一场步，出一些汗。至于我要说些什么作为结尾，就引用一句古诗吧：“此中有真意，欲辩已忘言。”

馨香之梅

过年时，家里人和我讨论，后院的梅花怎么还不开。前段日子，一个又一个大大小小的粉红色花苞从枝头的缝隙里涌出来，我们一家便也不再讨论。它每年都会来，赴新春的约定，从未爽约。昨夜，细雨滴答，回转在建筑物的表面，浸润着广袤的大地，也潜入树枝中。随着洁净的雨水在花苞里酝酿能量，微微还暖的风儿一吹，梅花便在夜里一朵接着一朵地悄然盛开了。

清晨醒来，阳光布满庭院，缓慢开启一天的节奏，我和家人们走进后院，未见梅花，便闻花香。冬天还未彻底过去，绿植都陷入休眠的死寂中，唯有梅，就着料峭的春寒，在壮烈的风中无畏地开了。有些荒凉的后院顿时浮现了一些绯红色的生机。

记得去年，也是这个时候，突然下了一场大雪，雪压低了人们的帽檐，冲破了万物的边界线，甚至摧毁了一些本就残破的砖瓦，但却无法摧折梅花。原本带些娇艳色彩的梅花，在雪的映照下，“妆容”平添了几分冷艳和凄美。待到阳光温柔地吹化冰雪，雪水顺着梅花的花瓣缝隙一滴一滴地落在土地里，似乎晶莹剔透的水都染上了粉红色与花香，堪比娇嫩的玉露。

这阵子，梅花重开，我们赏花容之余又重新细嗅花香。梅花之香并不如牡丹那般馥郁冲鼻，也不如兰花那般含蓄微涩，它香得如此自然，只要进入它们生长的领域，不论是远是近，总能闻到淡淡的清雅之气。花香似乎掺和进了阳光里，照拂在人们的脸上，又似乎流淌进了地面的清水里，沁人心脾。

灿烂的阳光照在梅花树枝和狸花猫的身上，猫像一团跳动的橘黄色影子，淡雅且微凉的梅花影子掸着它身上的碎毛发和灰尘。有时，风大了，梅花及其影子摇晃的幅度更大。猫脾气上来了，往梅花那边舞几下爪子，但大多是和梅花下的影子练习拳击。风起时，梅花香气更浓，估计连猫也舍不得真的伤及梅花分毫吧。梅花独自招摇，与猫嬉戏，此刻，捧上一本书在后院里徘徊品读，再合适不过了。

古人有诗咏赞梅花“凌寒独自开”“雪却输梅一段香”，梅花在几乎毫无生机的冬季凌寒盛开，已是大勇行为，这无须多言，但它也并非四季常开，过了三月份便会凋谢。万花万木赴春夏的邀请，梅却推拒这一场拥挤的邀约，独自清净地开，守到对于花草而言季节明朗之时，再暗自隐去。所以，结合它的这种品性，我更觉得在梅花下看书是适宜的，毕竟读书是一个人的修行，无须喧哗，更无须登临某个万人追捧的舞台。有梅在的地方，就有一种顽强的自发的生命力，一种充满定力和静力的气场。

夜里赏梅，别有一番意趣。它似乎告别了人间的规律与学问，天色每往黑暗去一个层次，梅花便和仰头看见的繁星一样，调亮一分。有时黑暗快把一树的梅完全吞噬了，一阵风吹来，又拨开如雾般的黑色，让梅影影绰绰地在屋檐下闪烁。这闪烁，伴随着经久不散的馨香。只是，风大时难免吹落一些花瓣，令人有些惋惜。不过何必伤春悲秋呢，万物自有盛衰规律，过了三月，它隐入尘土之后，来年又会再点红后院，点红我们一家人的日子。

二手书趣忆

作为一名阅读爱好者，我不太能接受书籍上出现污渍或者破损，哪怕是书的一角褶了一块，我都会心疼很久。也许这也和我的阅读习惯有关，当别人读完某页之后，可能会在左下角或者右下角折起来以便下次快速翻阅，而我选择购置一些书签，夹在其中，起到同样作用的同时，还避免了书被折出褶子；当别人在书上用不同颜色的笔画出波浪线，只为标记自己心爱的句子之时，我并不会这么做，而是在笔记本上进行摘录；当别人随手把书的腰封丢掉的时候，我却认为，这也是书的一部分，也有保存它的意义。在我眼里，这不仅仅是一个关于书的破损度的问题，而是我实实在在把读好书当作一个潜心学习的过程，因而不愿它受到任何磨损。

即便如此，说来也怪，我的书架上大概分为两种书。第一种书实际上已经购置回来数年了，但由于我上述的阅读习惯，依然崭新得和刚拆开包装一样。第二种书，却是一看就磨损了许多的二手书。我并不会厚此薄彼，甚至某种意义上，我更喜欢阅读二手书，这一切的原因，都要从这些二手书的由来开始说起。

它们并非我从二手书市场上买来的，而是别的文友通过邮寄的方式赠予我的。由于爱好阅读与写作，机缘巧合，我在网上认识了不少文友。有些书，读过几遍之后便基本吸收了其精神养分，再读意义不大，再加之书架上还有其他新书作为选择，这些书显然可以送人了。像我这么想的人不少，我和文友们便开始互赠二手书。起初，他们收到我寄过去的书的时候，还惊呼："你这个书和新的一样，我寄过去那些旧书给你，实在是不好意思了。"我的回复则是："莫谈旧书或新书，只要是好书，我都爱读。"

阅读二手书的体验，与阅读自己第一手买的书还略有不同。读书的过程，我将其比喻成一个探索作者精神世界这一迷宫大厦的过程，而二手书上画出的波浪线与特殊符号，则类似于上一任书的主人在迷宫大厦里做下的标记，读来别有一番风趣，也更便于自己快速地抓住文章重点，领略文章风采。

曾经，我和某位文友就一本书中的一个章节反映了怎样的观点而产生分歧，甚至争论起来。这并不影响我和他之间建立的读书友谊。后来，他把那本书作为二手书寄给了我，我读到那一章节时，看到了他所做的标注和记号，发现我之前所领悟的重点和他的画线部分竟然不是同一处，也难怪阅读后的观点有所不同了。正所谓"一千个读者眼里有一千个哈姆雷特"，如果这个章节是一个立方体，我看到的那一面是白色的，那么我便会说它是白色的，谁知他看到的那一面是黑色的。误会被这本二手书打开，一切豁然开朗，原来，不存在谁对谁错，只是看待问题的角度不同罢了。读二手书的过程与读新书的过程的最大区别在于，前者在体会了作者的心路历程的同时，还能看到上一任读者的阅读轨迹，实乃趣事。

曾经，某位朋友给我算了一笔账："你把不再看的书直接当作废纸卖掉，还能赚个几角钱，而你这样和别的文友互换，双方都得各自贴出去十几块的邮费。这笔账，你算不过来吗？”他说这些话的时候，我的脑海里又重新浮现出那些放在我家书架上的二手书、我在书桌前挑灯夜读的场景，以及和书的上一任读者们交流阅读心得时的愉悦画面。

于是，我回复道：“书有书的意义，好书上的文字，带给我很丰富的精神价值，宝贝怎能等同于废纸？我赠他人我的宝，他人赠我他的书，这也是一种幸福。”

辑五

随感录

寻找纳兰性德

纳兰性德是我国古代著名的词人。其生平哀婉悲凉，妻子因病亡故，自从妻子死后，他便体衰多病，最后英年早逝。纵观他的一生，他留下了许多经典词作，今日笔者在此探析其中三首，即《浣溪沙·谁念西风独自凉》《长相思·山一程》《赤枣子·风淅淅》。

《浣溪沙·谁念西风独自凉》

谁念西风独自凉，萧萧黄叶闭疏窗，沉思往事立残阳。被酒莫惊春睡重，赌书消得泼茶香，当时只道是寻常。

其中“萧萧黄叶闭疏窗”一句，画面感十足。黄叶试图进入窗内，形成一种纷扰感，正如作者想要将往事推拒在心门之外，却总受纷扰。“萧萧”，表现出往事回忆之迅疾，一件接着一件。疏窗的“疏”字，流露出作者本身就多愁易感，心早已是千疮百孔。这里借用“黄叶”来比喻纷纷扰扰的往事，借用“疏窗”来比喻敏感易碎的心门，将读者的心也瞬间揪了起来，达到了与作者共同体会那份凄楚的效果。

“沉思往事立残阳”一句，有意进行了逻辑上的打乱与重新编排。

正常的逻辑顺序是残阳勾起了沉思往事，或者二者并无明显的关联，从现实生活中的逻辑来讲，不可能是这里的沉思往事导致天边立起了残阳。这种明显与现实逻辑相左的表现，构成了一种错差感。作者由于沉思往事，别的景物都入不了眼，只看得见一轮令人伤心的残阳，可见作者伤心之深。作者黯然神伤之时，天公不作美，恰巧立起了残阳，这样的逻辑编排更打动读者。

下阕中，“赌书泼茶”是关于李清照和赵明成的典故。李清照和赵明成曾强记书中内容，并要求对方说出在书中第几页，猜中的话可以先饮茶，猜不中则后饮茶。后来二人开怀大笑，顾不得饮茶，茶全泼到了怀里和地上。这里是指纳兰性德和亡妻卢氏在世时也曾有着和李赵二人相似的幸福生活。

下阕用美好的回忆来反衬当下的痛苦。根据读者的阅读顺序，是先阅读到“被酒莫惊春睡重，赌书消得泼茶香”，再阅读到“当时只道是寻常”。纳兰性德甚至没有打个招呼，就直接开始叙写美好的事情，甚至令人不曾察觉到那些美好只是已成过往的回忆，而最后的一句“当时只道是寻常”，又直接给读者的心房沉重一击——原来这一切都只是过去式而已。目前的行文规律，在叙写回忆之前，往往会先进行一个形式上的交代，比如“很久以前”“回忆重新浮现——”之类的话语，而词人竟直接让回忆涌现，进而又硬生生地把读者的心从云端拽回冰冷的地面，读者的心情仿佛坐了一次过山车，由此更可见回忆的美好、现实的残忍。不得不说，这样的词句顺序，也可以体现出作者的功力与匠心。

《长相思·山一程》

山一程，水一程，身向榆关那畔行，夜深千帐灯。风一更，雪一更，聒碎乡心梦不成，故园无此声。

这首词大致可以翻译为：跋山涉水走过一程又一程，将士们马不停蹄地向着山海关进发，夜已经深了，千万个帐篷里都点起了灯；外面风声不断，雪花不住，扰得思乡的将士们无法入睡，在我温暖宁静的故乡，没有这般寒风呼啸、雪花乱舞的聒噪之声。

本词的亮点有二：一为时空感，二为对比。“水一程”“风一更”表现了时间的行进感和流动感，“山一程”“雪一更”则蕴含空间的辽阔与艰险。当词句这样交错铺排，更显得错落有致，时空叠加，显然具备“1+1 > 2”的效果。

边塞即便夜深时亮起了“千帐灯”，也比不上“故园”家中的某一盏灯，因为“千帐灯”是千千万万渴望回家的将士们孤寂飘摇的心，而家中的一盏灯则是团聚之灯、温暖之灯。“一切景语皆情语”，词中场景风雪交加，将士们内心也在风雨飘摇。“故园无此声”则利用对比的手法，更加反衬出战地艰险，蕴含浓浓的思乡之情。

《赤枣子·风淅淅》

风淅淅，雨纤纤。难怪春愁细细添。记不分明疑是梦，梦来还隔一重帘。

愁绪本是难以具象化表达的，但词人巧妙地将其形象化刻画了出来。

上阕中，写的是风每吹一下、雨每落一滴，愁绪就加深一分，很有表达效果。雨是从天上而来，“细细添”在人间的，带有不可逆转、不可反抗性，更加表达了词人心中如潮水般涌来的愁绪，完全冲破了心理防线，难以招架和承受。

题目以及下阕，词人则有意指代不明。人们常用的是“雨淅淅沥沥”，怎么这里成了风？“疑是梦”的是什么事？醒来隔着一个窗帘的是风雨还是其他？

前文已经提到，在上阕中，风雨代指词人的愁绪，但毕竟还是两个并不关联的物体。下阕，作者梦到的不管是乐事还是悲事，醒来时必然是悲伤的，这时“风雨”即“愁绪”，已经完全不在窗帘外的世界了，而是完全在作者的内心世界里风雨大作了。这一转喻过程很凄凉。“风”和“雨”已经完全揉作一团、化为一体，在词人的心中发生了长时间的化学反应。此乃题目有意指代不明所产生的效果。

“梦”是常人唯一能打通美好愿望与现实的桥梁。在睡梦中的时候，一些事情随着风雨般的愁绪涌上心头，但睡醒后，“还隔一重帘”，即它们又离自己很遥远，甚至是遥不可及了。结合他的生平以及妻子亡故的事情可以判断，“疑是梦”的是与妻子之间的恬淡回忆，但醒来时，梦里梦外皆成了酸楚。因为只有在梦中，才能短暂地重逢，更显现出梦给作者带来的悲凉凄楚之感。此乃下阕对“梦为何物”以及“帘外是什么”进行模糊化处理，即指代不明所产生的效果。

不得不说，纳兰性德是一个伟大的词人。他的表达风格委婉绵丽，用词自然而富有诗味，尽管他早早地离开了人世，但是其词作值得人们细细揣度、品味。

柴米油盐酱醋茶

“生活总离不开柴米油盐酱醋茶”，这句话大多数人都经常听到。

溯源历史，“柴米油盐酱醋茶”的说法来自宋代口口相传的谚语：“开门七件事，柴米油盐酱醋茶。”

后来，元代杨景贤在《刘行首》二折中有这样的诗：“教你当家不当家，及至当家乱如麻。早起开门七件事，柴米油盐酱醋茶。”化用谚语，目的在于告诉家人，要想当好家，首先得保全粮食，毕竟“民以食为天”。现在有句俗语“穷人家的孩子早当家”，可能正是因为穷人家的孩子对饥饿难耐的感觉体会更深，“一顿不吃饿得慌”，所以更能明白“柴米油盐酱醋茶”不仅是基本需求，也是实际生活中至关重要的核心部分。

“柴米油盐酱醋茶”中，“茶”字来得很醒目。喜欢喝茶的人，大多清心寡欲、淡泊名利，但也不乏纯粹喜欢茶的味道的人。明代江南才子曾作诗一首：“柴米油盐酱醋茶，般般都在别人家。岁暮天寒无一事，竹堂寺里看梅花。”字里行间，无欲无求、淡泊宁静之意趣跃然纸上。所以，茶只是一个媒介，值得称道的是淡泊的心境。

古代另有“柴米油盐酒酱醋茶”的说法，多了一个“酒”字。

愚以为，酒，小饮可取暖怡情，使人飘飘然起来，如果能控制饮酒的量，倒也未尝不是件美事。在古代，正常喝得起酒的人家可不多。而对现在的大多数人来说，喝酒可谓是家常便饭，也有不少人选择在遭遇重大的挫折之后喝个酩酊大醉，企图麻痹自己，其实除了伤身伤神之外没有任何好处，这时的酒反而成了进一步沉沦的帮凶。所以，这种说法少有人相传，便也不奇怪了。

现在，物质生活条件上去了，但部分人的精神压力变大了，心理疾患也严重了不少，越来越多的人患上了不同程度的抑郁症。其实，哪有那么多过不去的坎儿，都是内心里自己不肯放自己过关。不妨想象一下古人们的生活，农作时日出而作、日落而息，每天只为了填饱肚子和维持生计，用“柴米油盐酱醋茶”来养家糊口，虽然没有惊艳的仪式感与突如其来的惊喜，但是每天的日子都充满简单纯粹的快乐。

现如今，在这个高速发展的世界里，我们更要有这样守素心的精神。不能现实变“高”了，灵魂却“矮”下去了。

当我们每天想着的只是能够做好“开门七件事，柴米油盐酱醋茶”，其他涌现的所有的美好，皆是馈赠，皆为星辰，皆为可遇不可求的温暖。

不戴眼镜

我的近视程度应该算是深度了，一摘眼镜，头皮自动放松，从“盯紧”模式变成“松散”状态，什么也看不清。不用管那些人那些事了，倒头就睡。偶尔故意不戴眼镜，在人群中穿梭，头向前一弓，脖子一缩——眼中失真的世界，恍若另一个维度。

同一张脸

我原先就有一些脸盲，人的脸部特征和名字在我脑海里留不下什么印象，也对应不上。这种症状在上中学的时候尤其严重，我能看一眼就记住一个长长的单词，却难以叫出一个见过两次面的人的名字。在我进入大学之后，这种症状缓解了许多。

眼镜一摘，所有的脸都模糊了，我无法知道谁是谁。连同五官特征从我眼里一起消失的，还有人的亲疏程度、身份地位、标签等。

我看见一个人疑似一直看着我，也许是我的朋友吧，否则不会一直带着似有似无的笑容看着我。我喊了声“hello”，对方也立刻回了声“阿鹏好”，这时我才发现，他是个和我关系有隔阂的人。

一个照面，两个招呼，一切芥蒂烟消云散。

迎面又走来一个身材较矮的人，好像是门卫大爷，又好像是扬州大学校本部的某位硕士生导师。他越走近，我越觉得他像那个门卫大爷，便喊了声“大爷”，他愣了愣，回应道：“你好，刘同学。”我这才发现他是老师。估计他也错愕了，因为我平时都是以“某老师”尊称。好在老师并不会和学生计较这些。

从前，我走在环境里（某位学者说过，人群即环境），生怕喊别人的时候，不够尊敬或跌了份儿，如今看来，偶尔出一出错，并不会造成预想的严重后果，心境也随之宽阔许多。

雪中妲己

摘掉眼镜后，我看事物有叠影或恍然而过的光边。那次学校里下了很大的雪，阳光照在上面，出现日照金山般的折射现象，我便轻微有些雪盲症了，这加重了我看物体时的失真程度。

我看到有只柔软轻巧的小动物，从我的胯下钻了过去，一溜烟儿的时间就消失不见了。我定了定神，觉得那身形像狐狸，像《封神榜》里的妲己，在雪地里潜行。我恰巧无课，便追赶起那只“雪中妲己”来。

它的速度极快，是那样的警惕和敏锐，想必它时常疑心自己通人性的正身败露在了人类面前。

它又没了踪影，我继续寻，寻不到影子，便考究地上的脚印。那些浅浅的、小小的脚印，必然就是它的了。我寻着，看见草丛里一个洁白的身影，是“雪中妲己”！我还没看清，它又俏皮地摇摆了一下尾巴，不见了踪影。我后来走遍每一个角落，除了遇到几个雪人、一只白猫，再也没有看见它。我叹了口气，回到了宿舍。

后来，学校大群里有人发出寻猫启事：遗失长尾白猫一只，发现者请联系猫主人。

我仰天大笑。

水晶高贵

童年时，我和玩伴们都养过“水晶宝宝”。它们一开始先呈现出无色透明的珍珠状，把它们放在矿泉水瓶里，倒上水，过大概半个月，它们一个一个就会长得很大，五颜六色的，跟涂抹了色彩的水晶一样。

提到童年这个词，已经很陌生了。只恨我那时没有巧笔一支，没有把它们诗意地记录下来的本领，现在只能在河的对岸打捞一些记忆。

童年玩伴，也很陌生了。从敞开心扉，到戴着冰冷面具说话。

我这么想着，一边饮酒至微醺，一边在家里的阳台上看着楼下的车子。街道上，车水马龙的，下了些小雨，车灯投射出的光芒构成一个一个泡沫状的圆形，红的、黄的，街道成了一杯巨型的鸡尾酒。

我忽然联想起小时候养的“水晶宝宝”。我相信没有一个人小时候的梦想是买一辆豪车，而现在，那不仅是傲人的代步工具，也是经济富足的象征。人在环境中是会变的：脏欲会将人染色，流水会使人欲望膨胀，就如同那一颗颗变得硕大的“水晶宝宝”，成熟期到了，会比最初无色微小的青涩模样高贵许多。就像这满街的车灯，总有一盏，是某个车外人的梦想。

它们在雨中膨胀、来回弹动，把街道充得很大很大，快要溢出我的眼眶。

秋雨抱来记忆

秋的消杀

秋在不少人眼中是一个凄美的季节，甚至称得上残忍。秋风硬生生把花瓣吹落、将细枝拽下，抛洒一地。原本涂抹上浓浓生命力的大地，在秋面前败下阵来，到处都是绿色衰退之后的伤口，还有红枫群那流淌着的血液。

我虽年轻，却遗传患有类风湿性关节炎，因此对“一场秋雨一场寒”这句俗语领悟得透彻。春夏下雨，我的关节炎是没有太大反应的，一旦进入秋季，那可倒好，所有骨骼里的“火虫子”便开始到处钻，跟尖端加了冰块的电钻似的，又酸疼，又有些许刺痛感，包裹在皮肉深处。

可我还是爱秋。即便它那么冷，那么容易勾起人的惆怅，我还是深爱着它。接下来的话可能主观性较强了——我怕冷，但这种怕比不上我怕热的十分之一。冷了可以裹上围巾、戴上手套，可以加厚厚的羽绒服，而热的时候，除非把空调温度调得很低，不然浑身冒汗。秋雨的到来，对我而言，意味着解救者来了。一场酣畅淋漓的冷雨，浇灭人间蒸笼里的一切暑气，换上清爽的素净。妙哉，快哉。

另一个深爱秋的原因，大概是我有一种“衰败”情结在里面。小时候养的幼猫，因为一场怪病而死去；我曾经是排名前十的学霸，后来高考却无力到落榜；与爷爷奶奶在情感上拉扯许久，生出浓厚感情，二老却骤然病故……曾几何时，我略带悲观地认为，一切繁花似锦的物件最后都会残破不堪；一切灿若美人的事物最终都会褪去亮丽的外表，败絮其中；再人声鼎沸的繁华宫宇也会化作山腰间无人问津的小屋。

——一切终将衰败，秋风只是一个推手，秋，才是真相。正如同那些姹紫嫣红的花儿，如此纤弱，挨不过一场场冷雨，青绿色的叶子被秋风轻易染红、打落。

秋季中，我最爱之趋深却想挥手退散的，是秋雨。

雨缝补口子

秋雨带着冰冷的温度来了，打湿了行人们的衣服，也浸润了他们逐渐老去的骨头，令人感到彻骨的寒。

我在书本和网络上看到一种说法，说南方虽然温度高于北方，实际感受却要冷得多，北方的冷是“物理攻击”，南方的冷是“魔法攻击”，自带穿透效果，无视一切防御。根据我的切身体会，我认为说得有道理。我是个从小在南方长大的人，南方的雨何止是直接穿透了房屋和衣物的防御，它甚至无视了皮肉的存在，在你的心脏和骨髓里，掀起一场类似北极洋的冰川风暴。我无法解释这是什么原理，只体会得深。

秋雨之前，先是秋风将百花万叶扑杀掉，接着雨至。那些雨，吻湿了那些树木身上刚产生的空缺和伤口，悬挂在上面，晶莹剔透的，好像在疗伤，等待着下一个雨珠把它顶下去，接替它的工作。

在城市里待久了，觉得一切方方正正的东西，好像一个个横横竖竖的框。大框小框，把一切规则、一切定律、一切象限都切割好，你越不得雷池半步，因而期盼一场大雨。在滴滴答答与轰轰隆隆的交响声中，一切框都被那些倾斜的线性雨阵模糊了、腐蚀了，遁作无形。

某次，我本应邀参与一场晚宴，尽管提前得知晚宴上有各种平日里吃不起的高端食材，却由于和共进晚餐者不熟悉而萌生了退意。碍于在这关系网里的身份，我又不得不去。忽然，一场很大的秋雨袭来，打了邀请者一个措手不及，晚饭随之取消。我反锁家门，把手机关闭，泡了杯热茶放在床头柜上，把身子蒙在被子里，闭上眼，慨叹这一切真好。

秋雨轻敲窗户，也会轻轻叩响大地，用自己小巧玲珑的身体碰撞出水花，一如天空无数的手指尖触碰、弹奏着大地这个钢琴，蹦跶出许多细微而悦耳的音符。音乐学之中，奏乐往往是以硬物敲击柔软之物，而雨落大地却刚好相反，它以某种柔软却不灭的“肉身”，对抗“弱肉强食”的说法。

世界被线性的落雨打开无数个缺口，或者说，世界本就是一个被揉作一团的缺口，只不过里面被自然和人类添置了各种杂物和装饰品而已。雨一直细细添，试图缝补大地之上、云朵之下的口子，散开入人心肺的寒意。整个大地通过雨阵，和天空连接在一起，谛听天空的旨意。

体温的锐感

你淋过雨吗？朋友，我说这话，不是诱你去暴雨中淋湿着凉。我尝试过在天色微雨的时候，去淋一场毛毛雨，那不会导致受凉，感觉又简直妙不可言。

天气闷热的时候，亟待天空降下一场秋雨，释放大地之下一切湿寒的气，中和人间的暑热。尤其是快要下雨的时候，人们感到胸闷气短，身上拱出细密的小汗珠，天灰蒙蒙的，秋雨已经到了不下不爽的地步。这时的秋雨，倘若是细雨霏霏的那种，那么你大可以丢掉雨伞和雨衣，和秋雨来一场亲密接触。

先是一滴雨水正中鼻尖，点染开一丝凉意。接着微雨齐至，在水泥地上落下、涂鸦，又迅速被滚烫的大地吞噬了痕迹。秋雨的能量又是巨大的，大地终将敌不过这些从天而降的小精灵，随着水泥地上的全部留白之处被水涂鸦满，你也被这毛毛雨淋了一阵子。

对于我而言，此刻淋雨，更像是另一种意义上的针灸，只不过是很柔软治愈的那种。雨这种液体，带着一丝温润，缓解你皮肤恍如干旱大地般的干燥感；它作为凉意的传递者，又将冰凉的快哉风注入你的体内，让你体内快被烤干的病灶彻底停火，荡漾成一片无风的湖泊。

小小的雨儿细细地下着，精准地按摩你的每一个穴位，你凉成冰川的皮肉之上，忽然泛起点点能量的激荡。你的触觉、体温的不确定性全被调动了起来。你的心脏处好像有个热能罐子，雨每敲击你的皮肤一下，那个罐子就会红一下，又蓝一下。

你脑海里翻腾起一些回忆，大部分都是带些忧郁的蓝色的。秋雨又很应景，不停下。哪里是秋雨唤醒了那些记忆，而是你的回忆，让秋雨止不住地承载天空的哭泣。我想起一本书中的一句话："你说记忆是你的所持之物，还是你的所失之物呢？"往事如云烟不可捉摸，唯有一场秋雨淋着那些过往的现实，带着你往记忆深处行进。那些所失之物，被你手握，被天空倾泻下来，还给你。

但朋友，这种奇妙的体验不建议太久，小心冻感冒了。

衰败如叶

秋雨过后，万物皆衰败，就连巨大如高山的建筑物也褪去了春天里绿植繁花做的华彩衣裳，露出老旧的迹象，比如铁锈与雨水侵蚀的污渍。明显，却不碍眼，就像人身上长的老年斑一样，与建筑物本属一体。

枫叶在秋雨之后是最受折腾的，先是被催红，接着飘到摇摇欲坠，再被风儿抛下天空，完成人生中唯一一次华舞之后，它们便被土壤掩埋。秋雨每下一次，寒意就会加深一分，它们身上的土，便也会加盖一层。

正如同我的外公，有种壮汉垂暮的悲壮感与无力感。

外公以前是村子里生产队的大队长，嗓门大，身强体壮，为人开朗，队里的人无不信服、钦佩他。我没有问询过外公的身高，只知道他比我高出来半个头，大概一米八五的样子。我时常自恨，要是隔代遗传了外公的身高就好了，那样我便也像个草原上骑马射箭的大汉了，孔武有力。

外公的老，好像是一瞬间的事。上半年看他的时候，还是那么高大，到了年中的时候，忽然惊闻外公得了严重的胃病，开了刀。我去医院看望他的时候，发现他变得很小很小，就像一个有些褶皱的符号，蜷缩在惨白的病床上。他佝偻的身体平添了许多皱纹，瘦得皮包骨头，老年斑也爬上了脖子，像是老树的一圈圈年轮。

小时候，外公把我抱在怀里哄着，在我的眼里，他恍如一尊佛像那么大。如今，他平躺在病床上，忽然又变得那么小。生老病死本是自然规律，不必强求，理论上也不该过分在意，可我此刻竟悲恸至此，第一次愤恨秋，那是外公的生命之秋。可时光的流逝终究不以我的意志为转移，正如我即便目光聚焦于窗外的枫树上，枫叶终将下落，不会因为我咬紧后槽牙，就重新长回树上。我要是顺应自然，倒数三秒，睁眼时，反倒能看到落叶飞翔。

落叶长回树上的方式，有且只有一种。我忽然明白了外公为什么着急想看我要个孩子。落叶通过冬春的交接与轮回，以养分传输的形式重新长回树上，而外公用自己的一生庇护、供养儿孙，他当然希望看到我的骨肉，因为那是他生命之树的末梢在四季轮转之中生出的新芽。

猫躲雨

猫是一种挺有趣的小动物，它既拥有动物的天性和本能，也通人性，懂人类社会里一些浅显的规则。我喜欢猫，是因为猫特别爱和身强体壮的青年人打架，却几乎从不对婴孩和老人伸出爪子，就凭这一点，就比一部分自称高等动物的人类要强。

学校里的猫，是让人牵肠挂肚的，尤其是秋雨来临和寒假的时候。秋雨来临的时候，气候骤然变寒，猫极容易生病；寒假的时候，由于少了来来往往的同学们的投喂，猫又容易挨饿挨冻至死。

你若和我一样爱观察猫的一举一动，你会被迷住的。它们会因为争抢食物而“打架”，甚至会因为在一条大道上互不相让而“骂骂咧咧”，直至“大打出手”，因为它们本质上是一种傲娇、好面子的动物，但它们无论如何都不会在下雨的时候把同伴驱赶出屋檐下和树荫下。因为淋一场秋雨，对于它们这些娇弱的毛孩子来说，极可能是致命的。

我曾为了接近它们，趁着秋雨来临之时，蹑手蹑脚地来到学校的一排屋檐旁，一看，它们果然三三两两地窝在那边避雨。关系好的，抱在一起，或者挤作一团，用对方的体温和软毛取暖。我尝试走到屋檐下，却惊到了它们，它们朝着我眼睛一斜，身子瞬间立起来，嗖的一声就不见了踪影。我懊恼自己的莽撞行为让它们丧失了避雨的机会，它们却转眼间又在草丛里探出头，认出来了我——之前我经常把从河里钓来的鱼喂给它们。

它们重新回到我身边。我坐了下来。其中一只灰色的猫，我叫它“小灰灰”，贴近我，靠着我的身子取暖。其他的猫，有一只是三花，耳朵高高竖着，望着不远处的人群，站岗似的，保持警惕的目光；两只橘猫，互相拥作一团，沉沉睡着了；小灰灰则在我的抚摸之下，眯起眼睛，声带处发出猫咪特有的细微的咕噜声。屋檐外，晶莹的雨形成微型瀑布，错落有致地落下来，更远处则是一道道从天而降的细线，断断续续地，微微倾斜，射速很快。而屋檐下，一群孩子重回到湿润的温暖之地，暂时歇脚、安憩。

我不由得在秋雨之下，想起更遥远的事情。我总在反刍和思虑。我想起冬雪、春天展开的新芽，我又仿佛看到，寒假过后，一群刚两三个月大的小猫们，又爬上学校宿舍后的小山坡到处撒欢，不是如同秋天散落一地的落叶，而是像春天，满世界乱跑的终有一散的蒲公英。

与庸常的互搏

框之外

小时候，家长常说一句话：“你今天比别的小孩少玩一个小时，将来高考时就能多考一分。”我家住在厂房里，门是半透明的，贴了膜，窗户则是全透明的。厂外有一排房子，里面有两三个和我年纪相仿的小男孩，五六岁的样子。我听了家长的这句话，就坐在窗边的书桌前，埋头读着《三字经》和《了凡四训》。玩伴敲我家门，我佯装不在，他们绕了一圈，来到窗前，扒开窗户，趴在窗沿上，跟我说：“出来玩。”我刚想应下，我的家长却大手一挥，将他们视作不学无术的儿童，全都赶走了。他们不知道是故意的还是其他原因，就在我的窗前玩起打卡片游戏来。窗内，沉重的书卷气充斥着整个房间，窗户关得严实，窗外是怎样的畅快与欢乐，我不知道。

在教室里坐着，埋头苦学，一晃十多年。来到了大专阶段，以为会轻松自由许多，却依然是坐在方方正正的桌子前，望着被切割成格子的窗户。时间在圆形的机械物体中运作，每一段时光都被精密计算，丝毫不差，滴滴答答，长的指针跑完一圈，短的指针便会从前一个格子向后滑动一个格子。当水银般的凝滞感堆积满了整个房间之后，我的脑袋也昏昏沉沉的，接着，下一节课，又坐进另一个有钟表的教室里，重新清算。我望着窗外树上的鸟儿，真教人要按捺住夺“框”而出的冲动了。

反抗与负重

我后来饲养了一缸金鱼。有了这些池中之物，日子便好打发许多了。

金鱼时刻瞪大着好奇的眼睛，对于周围的一切，原本早已司空见惯，却总作出惊恐状。后来，我才知道，我真的像个阿Q——金鱼只有七秒的记忆，我用圆缸和时间囚禁它们，它们却对此免疫。所谓的时间掌控，不过是我单方面的盛大幻想。

但我既然养了它们，就要对它们负责。每三天，便会给它们换一次水。这换水的过程可不简单：首先，打开水龙头，开到很小，再微微倾斜，倒出陈旧的水，时刻留意不能把金鱼倒出来，否则很难再抓回去。

每次给它们换水，我都头皮发麻，险些扼杀小生命。嗯，我的庸常生活又多了一个烦琐项目。

梦与现实的界碑处

小时候，有印象的梦无非就是得到了自己心仪已久的美食或玩具，随着年纪越来越大，便也多了一些令人后怕的梦。自从我的梦里出现了百层宝塔、楼梯和似现实而非现实的桥段之后，每个梦都显得悠长无比。现实一分钟，梦里十年，终于有一个地方，我能够不受时间规则的束缚。但不能自如从梦中醒来，令我痛苦万分，这无疑是一个更难挣脱的炼狱。梦里冗长繁复，醒来更加疲乏，不如不睡。

简单说说那三个意象或桥段。

先说百层宝塔和楼梯。我总梦见光怪陆离的世界，色调普遍暗沉，那里有积满尘雪的屋顶和砌着青瓦的墙。这时，总有一位老者的声音传来：进入宝塔，一切都会好起来的。我便向着宝塔进发，那是高耸入云的一个尖锥状宝塔，外部是赭红色的，进去之后，才发现其构造并不简易。每一层都有很多人，狭窄的楼梯盘旋而上，上一级看见下一级的脑袋，下一级只能看见上一级的鞋子。楼梯时不时会出现断档，断档之处，求上不能，求下不得，有时候梯子变得狭窄无比，有时则需要连跳七级，此时拼的已经不是勇气，而是舍命的态度。你再往上去，越来越感觉到高处不胜寒，顶端星星点点的火光满溢出来，你向着光亮进发，却发现自己走进一扇门，进了一个小铁盒子里，接着便是盒子从极高处坠落到泥土的声音。

我还是倾向于梦见那些似现实而非现实的桥段。现实中圆不了的情结，在梦中一一具象化体现。比如一个摩托撞了我之后便跑路，我可以无视伤痛，一跃而起，把那辆摩托拖在原地，禁止车主逃逸。我还坐上过一位旧友的敞篷车，在长长的高速公路上听着摇滚乐，指着云朵唱歌，那条路从未开到头。但一旦遇见一些文字，或是浮现在高速路牌上，或是出现在服务区的指示牌处，这个梦也就快要到了尽头。那是梦与现实的分界线，是一处界碑。多少次，我选择闭上眼，不去看那些文字，再睁开眼时，太阳又出来了。钟表指向早晨六点，短的指针无比费劲地追赶着长的指针，又是崭新的一天。

从虚无中抽身

人类一思考，上帝就发笑。

——米兰·昆德拉

概念

我说句没有经过系统科学论证的话，但根据我的主观经验而言是这样：高智商人群似乎更容易提炼出极抽象的概念，却又容易被其限制、框住、圈死。我见过一个理科特别厉害的高中同学，在飞机轨道设计方面有自己独特的理念和贡献，但你要让他叠个复式纸飞机，分外费劲儿。用现在挺流行的话来锐评："这太抽象了。"

我自己似乎也在这样一个怪圈里。我理科薄弱，自是提炼不出理工科的抽象概念的，但人文观念却是一套又一套。上了辩论台，必是一个令对手闻风丧胆的好手。你要说"百无一用是书生"，我便说"万般皆下品，唯有读书高"。你要说"欲穷千里目，更上一层楼"，我便会说"人生不如意十有八九，知足常乐"。你若要问："你这个人怎么这么拧巴？”我又会淡然回复一句：“具体情况具体分析，这不奇怪。凡事一分为二地看，才合理。”

这样的思维习惯大概和高中时议论文写多了有关，或许也和父亲谈心谈多了有关。比如某次，我和他聊到交友尺度的问题，他便说：“固然是交友，对朋友温柔以待是比较好，但你的善良必须带点锋芒，这不是斤斤计较，而是守住自己。这守住自己呢，又不能太过，不懂得换位思考，只会适得其反，逼走对方。然而，这其中又有一个分寸问题。”

好家伙，滴水不漏的一大段，好像说了一个中肯辩证的观点，又好像左右两条道路都指了指，等于啥也没说。因此，回忆到这些事情的时候，我心烦意乱，好像有正反两个辩手在脑海里开战。一辩交火完，还有二辩、三辩。最后判输赢的时候，真叫一个不分伯仲。

概念是虚无的，也是抽象的。我静静地想。

我的脚边堆积了一些落叶，直达脚踝。和我一起出来喝冰可乐的阿刚问我：“你这，又咋了？”

我说：“思考问题。你先等会儿。”

阿刚说：“先喝可乐吧，一会儿冰都化了，不得劲儿。”

我说：“不了，化了能喝更多，省钱。”然后接着盘点脑海里的概念，争取把稀碎的观点盘活，画个顺滑的圆。

造新词

盘点概念久了，会发现自己有了意外的收获，身在尘埃，心已到银河系。这时，之前人们用惯了的词汇和搭配再也不能满足我“独到”的见解，我便开始造新词了。

就比如，我和阿刚眼前的这个冰可乐。我难道就不能换个更妥帖的词吗？哪怕这个词是我自己独创的。冰可乐，应该更名叫“冰块可乐”，因为冰不能准确地表明眼前可乐的状态，它明明是流动的液体，只是里面掺杂了少部分冰块。

阿刚问：“你看着可乐，琢磨啥天机呢？”

我摇了摇手，示意他别打断我的思路。

傲慢与偏见

琢磨浅了，肯定不是一件好事，容易被别人蒙在鼓里；但凡事琢磨得太深，势必遇到四面楚歌的死胡同。

我望向饮品店的路边，忽然看见一个人，长得很像和我有过节的某个同学。

和他产生过节，是由于我单方面删除了他。删除他的原因，是我觉得他的思维习惯太接近于我小学时的一个“死敌”。那次，我看和他关系不错，给他买了一杯可乐，他却说：“我是不喜欢接受别人的好意的。”我联想到了我小学时的对头，他也是在接受了我的一块大白兔奶糖之后冒犯了我，和我闹掰了。

他是不喜欢接受别人的好意的，等于他拒绝别人的温柔以待，等于他喜欢别人对他施以冷遇……思维逻辑推演到这儿，概念已然形成：我与其和他好言好语维系关系，不如直接单删了他。

后来回想起来，自我叩问：我这是因为太重视逻辑概念的推演而形成的傲慢与偏见吗？

这些互相搏斗的观念犹如两条战斗的蛇，互相缠绕在一起，越勒越紧。

落地轻松

我想起我在一所公园里，看到过俩保安拔除水草。那时，我觉得城市里有人用最朴素的方式劳作的画面难得，就拍摄下来，保存进手机相册里，配了个文艺的文案。

看着那俩保安三下五除二就把水草全部除净，我忽然慨叹，我读了将近二十年的书，满嘴纲常概念，却连一株水草都无法平定。俩保安看似活在了相册里、文案里、一个平面里，其实，我才是活在纸缝里的那个人，从未将脚踏进过滚滚的水流中，也未对这个世界有过参与。

我的心情忽然再次难受起来。能用“矫情”来形容吗？可自觉我的思辨过程是理性的。用“拧巴”来形容？如果我真的拧巴，那时就不会那么果决地删除他了。

“你到底在纠结啥？”阿刚忍不住怒问。

我一拍桌子：“对，就是——纠结！”

阿刚说：“神经！脑子发热，就多喝可乐。”

阿刚举起可乐，想要递到我面前，却失手打翻在地，溅起的可乐弄湿了我的鞋子。

感谢阿刚和那杯冰可乐，我的思维重心终于转向了如何快速弄干我的鞋子这件事上。这件复杂又简单的事。

盼 雪

雪是冬季特有的产物，它往往伴随着寒冷的天气与热闹的新年降临。片片雪花一齐降临，给大地披上一层银白色的外衣，连不起眼的草木都银装素裹。

雪降临之时，世界似乎被调成了静音模式。村庄里的家禽叫声、马路上的鸣笛声、隔壁人家做木具的声音，都被调小了音量，只有冰雪触及地面以及其他物件的声音，很轻很微小，我愿称之为最朴素宜人的天籁。你瞧，随着风的变向，阵阵雪花一会儿往南飘，一会儿向东倾斜，时而是鹅毛大雪，时而是星星点点的小雪花，冬的意趣盎然，真让人心里萌生出《诗经》中“一咏三叹”的意境。

下雨自是和下雪不同的。固然，它们似乎都在冲刷着世间的尘埃，但是当人黯然神伤之时，暴雨只教人觉得聒噪，情深之时，小雨也似乎变成了让人感伤的诀别信。而雪花宜人，不管我是开心满怀，抑或是愁绪纷飞，一看到这些天空中的精灵降临，只觉得神清气爽。心境即便是凄凉，也转而化身为凄美，肃穆安然。不远处贴着红彤彤的春联和一些错落有致的“福”字，真教人留恋这短暂的温馨。

我偏爱雪花落在脸颊和身上的感觉，像是苍穹的亲吻。雪花先是缓缓飘落下来，靠近脸颊的时候，我的呼吸似乎在那几秒变得细腻而可听起来。它们轻轻触碰肌肤，瞬间被我的体温消融，化作清明之水。一阵酥酥麻麻的触感涌来，真是舒服极了。进屋前，我抖落一身雪花，地面上呈现出一片银白色的花草状的雪，慢慢遁隐至无形。

犹记得去年，我在故乡过新年的时候，雪应景地下着。北方山村里的野狗吠了几声，连绵的山谷与高低不平的地势将这音量调大，更显层次感，回音在触碰到家家户户的窗棂和人们的耳朵时才会消散。远远望去，黑夜之中，天上白银色点点，地上隐约的一些暖荧色点缀在山脚间。

那时，我在房间里看着小人书，旁边的油灯影影绰绰，发出噼里啪啦的微小声音。疲倦时，我推开房门，发觉院子里不知何时下起了鹅毛大雪。这些天之精灵将下坠的过程演绎成一个慢性的垂线运动，并不胡乱飞舞，它们遵循着各自的轨迹。抬头，我看着一个个纯白的小点好似在逐渐放大、圆润，接近我稚嫩的睫毛的时候，已经是一层湿润脸部的轻纱。触碰到眼角周围的那个瞬间，我感到一阵酥麻，雪融化得无影无踪，一半成了水，在脸庞浸润，另一半似乎融进了无形的空气中，让周围变寒，自己的躯体却更感到暖和，甚至炽热。

雪也有连夜下的，那个时候便是孩子们最兴奋的时刻了，地面上的积雪厚得足以够他们堆雪人、打雪仗。孩子们分工明确，纷纷动起手来：有去滚雪球的，有去拿胡萝卜充当雪人鼻子的，有去找画笔的。不一会儿，雪人就堆好了。尽管形态滑稽，但是孩子们却为完成了堆雪人的活动而欢呼雀跃，蹦着、跳着、欢呼着。我知道，这个雪人在他们眼里，是亲手塑造的天下最伟大而亲切的艺术品，里面裹满了童真和美丽的愿景。

尽管长辈提醒孩子们打雪仗的时候悠着点儿，可是这些小淘气们哪里顾得上。比较会打雪仗的，弯下腰，迅猛地抓起一团雪，另一只手快速在那团雪上一搓，只见银光一亮，紧接着就是一道白色的轨迹，直直地向小伙伴的鞋子飞去。你追我赶，他躲她追，好生热闹！还有一个不怎么会扔小雪团的，打雪仗时失了准头，竟无意间扔到了我身上。这些活泼调皮的孩子！且当作是新年的特殊问候与祝福吧。

记忆中的雪，永远在脑海里下着。我一旦回想，它便不会停歇。银色的外衣披在世间万物上之时，一切似乎都被牵引进了白雪公主的童话世界。不论是鹅毛大雪还是静逸小雪，坠入凡间时，总是令人心旷神怡的，仿佛万事万物皆为琴键，而雪便如轻快灵巧的纤纤玉指一般，弹奏出一首华尔兹舞曲，心也随之欢快舞蹈。不管是满脸笑容的人们，还是因为一些琐事黯然神伤的人，在雪中总能获得一份安静且坦然的况味，在肃穆的意境之中，从容而自在地行走，不忍匆匆路过，不忍走马观花地让这醉美风景从身旁掠过。

每当到了冬季，无事可做之时，我就会望着天空，放空一切思绪，不自觉地盼望雪花降临。苍穹自然是听不见我的心声的，于是真正下雪时，便多了份被恩赐的惊喜意味在其中。雪，从某种意义上来说，成了天空传达祝福的一封信，与后院里的“岁寒三友”、冰凉的冬天、悬挂着灯笼的年味，共同形成一串令人浮想联翩、互相取暖的组诗。

有时，我甚至会把连绵不断的雪花看作一串串省略号。雪覆盖在田地里，泛着湿润的光泽，那光芒折射出暖意和希望。这省略号总能牵引着我走进一个定神的气场里，时间的长河仿佛被冻住，一切忧愁皆被洗刷，只有闪着微光的雪花，播撒着大自然美学的种子，酝酿成无限个省略号。

今年的故乡尚未下雪，闲暇时我在某个僻静美丽的公园里踱步，走累了便在亭内就座。在一些古诗词里，冬气肃杀，但正是因为有了年味儿，它又显得如此热情亲切。一阵寒风吹来，我微眯着眼，眼前一切变得迷蒙神秘起来。我期待着一片雪花吻在我的额头，随后大雪齐飞，为世间风物披上一层洁白的面纱，那一处处圣洁，便是冬季的天空写给新年的祝福语。